Memórias do *Anonymus Gourmet*

Texto de acordo com a nova ortografia.
Agradecimento especial a Ciça Kramer.

Capa: Ivan Pinheiro Machado. *Foto*: Rolf Hicker/Getty Images
Revisão: Fernanda Lisbôa

CIP-Brasil. Catalogação na Fonte
Sindicato Nacional dos Editores de Livros, RJ

M131m

Machado, José Antonio Pinheiro, 1949-
    Memórias do Anonymus Gourmet / Anonymus Gourmet. – Porto Alegre, RS: L&PM, 2011.
    248p. : 21 cm

    ISBN 978-85-254-2515-7

    1. Crônica brasileira. I. Título. II. Série.

11-6587.   CDD: 869.8
                      CDU: 821.134.3(81)-8

© José Antonio Pinheiro Machado, 2011

Todos os direitos desta edição reservados a L&PM Editores
Rua Comendador Coruja, 314, loja 9 – Floresta – 90.220-180
Porto Alegre – RS – Brasil / Fone: 51.3225.5777 – Fax: 51.3221.5380

PEDIDOS & DEPTO. COMERCIAL: vendas@lpm.com.br
FALE CONOSCO: info@lpm.com.br
www.lpm.com.br

Impresso no Brasil
Primavera de 2011

J. A. PINHEIRO MACHADO

MEMÓRIAS DO
Anonymus Gourmet

L&PM EDITORES

Escrever é dirigir um caminhão à noite, sem faróis.

GAY TALESE

Sumário

A ARTE DA CONVERSAÇÃO – *J. A. Pinheiro Machado* 11

CARY GRANT

    Certos milagres engarrafados 15
    A tataravó que namorou Casanova 17
    O coroa mais legal da história do cinema 21
    Eu também queria ser Cary Grant 24
    Saudades de Stálin? 27
    O cardápio do Conde insaciável 29
    O abismo do arroz empapado 31
    Almoço sossegado e uma soneca 33
    Dezesseis daiquiris numa tarde 35
    Novos olhos desviados das coisas mortas 37
    A dieta das vizinhas namoradeiras 40

A ÁREA VIP

    A tempestade e o conhaque 45
    Que raio de língua é essa? 47
    Um imenso Portugal 49
    Um bife medicinal 52
    A descoberta da Rosarinho 54
    A área VIP do paraíso 56
    Em um minuto se vive uma vida 58
    Papos de anjo desafiadores 60
    A garoupa melhor que lagosta 62
    A longa vida dos sedentários 64
    A dieta do padre 67

Repetir a sobremesa

Tormentosas paixões nas sombras da madrugada 71
Entrevista coletiva sobre salsichões 73
Um empurrão do alto da escada 76
É preciso caráter para repetir a sobremesa 78
Gerente de bordel: não há emprego melhor 80
O cozinheiro confessou que usou cebola 82
Uma aura de sensualidade invade a casa 84
Um pequeno herói brasileiro 86
Ho Chi Minh e o glamour do vinho falso 88

Morando na camisa

O iPad na banheira 93
A indigesta mistura de deveres e prazeres 97
Livre-arbítrio de forno e fogão 99
O que hoje chamamos de assédio sexual 101
O manjericão apunhalado 104
Mentiras em pouca banha 108
A mesa favorita de Jack Nicholson 110
Morando na camisa, embaixo do chapéu 112
Não diga à mamãe que sou jornalista 114

Ouro comestível

As espumas no caldeirão do esquecimento 119
Entre cadeiras forradas de feltro, cardápios
    renascentistas 122
Sabemos o que é, mas não sabemos definir 124
Pudins tão bons como os poemas 127
Antigamente, não havia colesterol 129
Se beber, não dirija: escreva versos 131
Babadouros para comedores vorazes 133

A TÉCNICA ZEN

    Um almoço na Escandinávia 137
    Verdura fresca para o canário 139
    A técnica zen do ovo frito perfeito 141
    Tia Nastácia, Borges e Cartier-Bresson...........145
    Doce de ovos moles, sempre! 147
    O cardápio favorito do Anonymus 149
    A vitória da cuca com linguiça 151
    Requinte à mesa e alma límpida......................153
    A memória dos festins passados......................156

A GRAVATA TORTA

    Os militantes e os turistas da cozinha 161
    Escrever é dirigir um caminhão à noite, sem faróis...164
    A conversa fiada da boa mesa 169
    A gravata torta do vagabundo celeste 171
    Vinho, além de tudo, emagrece? 173
    Um coelho estufado em versos........................175
    Nunca existiu cozinha francesa?.....................177
    Chorar o champagne derramado 179
    Uma delícia dos antigos colonos.....................181
    Não existe curso para general..........................183

O SAL E A PALHA

    Vinhos, macarrão e um grande amor 189
    Caminho que não vai e nem volta 191
    O melhor chope da cidade...............................193
    Comer como um papa 195
    O sal e a palha da ternura humana.................197
    A tentação das batatas fritas 199
    Com ovo e açúcar se fazem poemas 201
    Abraços e beijos da Dona Emaíl......................204

O VELHO AMIGO

A recuperação dos sabores perdidos 209
A maior invenção da humanidade 211
Uma taça de champagne e um sorriso 213
Morto pela carne vermelha 215
O velho amigo que virou bife 217
Um forno com mais de quinhentos anos 219
Ovos, chouriço, bacalhau e horror 221
Vá plantar batatas! 223
Vinho branco e uísque puro 225

O MELHOR RESTAURANTE

A boa mesa e a boa vida 229
Mais discursos de forno e fogão 231
O melhor restaurante do mundo 233
Ranking da memória do Anonymus 243

A arte da conversação

O Prêmio Nobel de literatura de 1978 Isaac Bashevis Singer, na apresentação de seu livro *Love and Exile – A Memoir* (*Amor e exílio*, L&PM, 1985, na bela tradução de Lya Luft), faz uma arguta observação: "Na realidade, a história verdadeira da vida de uma pessoa jamais poderá ser escrita. Fica além do poder da literatura. A história plena de qualquer vida seria a um tempo absolutamente aborrecida e absolutamente inacreditável".

A parte "absolutamente inacreditável" da história de Anonymus Gourmet aparece nos textos deste livro: desde sempre ele teve vida própria. Muitas pessoas me confundem com Anonymus, mas raramente ele age de acordo com minhas opiniões ou meus desejos. Fui obrigado a me contentar com a posição de biógrafo, às vezes solidário, às vezes conformado, com as excentricidades do "radical da cautela" que se considera "um pesquisador das ciências da mesa".

A gastronomia é apenas um dos pilares das "ciências da mesa", segundo Anonymus Gourmet. Nesse pilar da gastronomia, ele inclui a culinária e os "espíritos":
– Vamos aos espíritos! – costuma dizer Anonymus, quando pede a bebida. Diante de uma garrafa que se abre, a rolha lentamente deixando liberto o vinho, ele tem uma expressão de solene expectativa, e sempre lembra Baudelaire, com "as volúpias perigosas e fulminantes do vinho", mas também não esquece o "sol interior que o deus da videira desperta".

O outro pilar das ciências da mesa seria o que Anonymus Gourmet chama de "arte da conversação". Nada mais do que o papo que rola em toda mesa onde se misture o aroma fumegante de algum cozido, uma boa garrafa, alguns copos – "e almas esquecidas das coisas mortas". Na mesa ninguém envelhece. Ali, o tempo para, e velhos amores, negócios fabulosos, paixões inesquecíveis, partidas de futebol disputadas nos gramados do sonho, ou simplesmente alguns instantes de graça e humanidade ganham vida e colorido.

Anonymus surgiu em 1979, na alegre redação da revista *Oitenta*: "éramos eternos e pretendíamos tomar o céu de assalto" diz ele, olhando para o fundo do cálice de um tinto de boa data.

Tantos anos depois, Anonymus me convoca a escrever suas memórias. Atento à advertência de Bashevis Singer, tive o cuidado de evitar os momentos aborrecidos. Fiquei com a melhor parte: o relato de suas andanças e lembranças, de suas aventuras e desventuras, de suas certezas e enganos, de suas esperanças e desesperos, de seus triunfos e desilusões.

Confesso, por um dever de lealdade, que, mesmo quando não aparece explicitamente, tudo o que há neste livro, de uma forma ou de outra, é mérito – ou quem sabe culpa – do Anonymus Gourmet.

José Antonio Pinheiro Machado

Cary Grant

Certos milagres engarrafados

A volta das missas em latim é uma das poucas convicções da ala conservadora da Igreja Católica que conta com o apoio de Anonymus Gourmet. O ritual e a liturgia, e todos seus aparatos, como o latim, o medo do inferno, o pecado, a culpa e a danação, são indispensáveis à fé.
O demônio, com o medo do Belzebu, prestou grandes serviços à Igreja Católica. Era algo a ser temido e enfrentado, indo à missa, sendo um bom cristão, rezando todas as avemarias.
A devoção dos fiéis não se estabelece com as grandes doutrinas, com os princípios teológicos, nem com Deus diretamente. Mas sim com os símbolos, através dos rituais e da liturgia.
Tiraram a batina dos padres, acabaram as missas em latim, democratizaram os cultos, a propósito de popularizar a fé – e o que conseguiram? A evasão em massa dos fiéis. Há mais de um século, Eça de Queiroz já advertia que "uma religião a que se elimine o ritual, desaparece". O rigor dos rituais e da liturgia é o único abrigo seguro contra o pesadelo da dúvida. A informalidade é uma porta aberta à crise da fé.
Por isso, Anonymus Gourmet, prudentemente, com a cautela de um velho sacerdote, sempre defendeu para o vinho, mesmo numa mesa simples, a dignidade de uma toalha bem engomada, copos de alguma cerimônia e – por que não? – um pouco de solenidade. Afinal, é justo dedicar certa reverência a uma bebida que, diz ele, tem alma.

Não por acaso se fala da "alma" do vinho. Anonymus Gourmet conta que, certa vez, numa garrafa especialmente feliz, o bouquet era tão rico, tão carregado de matizes e nuances, que chegou a perceber "reminiscências do perfume floral de uma antiga namorada" – caso tormentoso mas inesquecível, capaz de perturbar todos os sentidos, inclusive o olfato. Na verdade, é espantoso perceber no olfato do vinho sensações do tipo "madeira", "rosmarino", "fruta verde" etc. – imagine quem encontra num cálice o perfume de velhas paixões! Quando alguém sugeriu que aquilo se parecia com um milagre, Anonymus fez uma genuína profissão de fé: "Sim, eu acredito em milagres. E ainda bem que certos milagres são engarrafados".

Foi inevitável uma recordação afetiva: "Se cerveja fosse bom, Jesus teria transformado a água em cerveja e não em vinho", dizia o meu pai, que não acreditava em Deus. Nem em cerveja, é claro. Ele sacudia a cabeça, desolado, com a inconstância e a frivolidade de certos apaixonados do vinho, que, nos dias quentes de verão, sucumbem à primeira cervejinha gelada, ou "loira suada", como deve dizer um autêntico bebedor de cerveja. Essa recusa do meu pai diante da infidelidade, talvez seja a perplexidade do papa diante dos padres que trocam a severidade do vinho do púlpito pela descontração de uma cervejinha na praia.

A tataravó que namorou Casanova

O relançamento do livro *História da minha vida*, de Casanova, em 2008, ganhou inesperada repercussão na Espanha por causa de um capítulo sobre uma curta temporada do grande aventureiro e escritor na Península Ibérica. Foi no inverno de 1767, quando Giacomo Casanova chegou à Espanha, aos 42 anos de idade, depois de expulso da França por Luís XV, acusado de paquerar uma favorita do rei. Na Espanha, Casanova teve duas namoradas importantes, uma delas tataravó de um articulista do jornal *El País*, Fernando Royuela, tataraneto leal que escreveu um texto defendendo o namorado da vovó: "Ao contrário do que se pode pensar, Casanova não é o mulherengo desprezível, estilo conquistador barato, mas sim o verdadeiro amante, que sente em suas veias a pulsação insuportável do amor. O amor o deixa cego e o faz cometer atos que, para o resto do mundo não são mais do que desmandos e felonias, mas que, para um homem apaixonado como ele, constituem atos consequentes de irrefreável natureza, verdadeiros sopros de divindade".

Durante muito tempo, Casanova foi considerado apenas um aventureiro e um ocasional autor pornográfico: aventureiro por ter seduzido centenas de mulheres (no livro, ele diz que foram "apenas 120") e escritor pornográfico pela forma "realista", cheia de comentários agudos, que utilizava para descrever suas conquistas.

Além da tataravó de Royuela, e de mais um número controvertido de senhoras, senhoritas, viúvas, loiras, morenas e ruivas que o encantaram em sua vida aventurosa em diversas cidades e países, na Espanha Casanova foi atraído por outra mulher bem mais problemática do que a tataravó do jornalista. Foi em Valência que, durante uma festa, arrebatou a lendária Nina Bergonzi, amante do poderoso Conde de Ricla, primo do Conde de Aranda, ministro da guerra. Aí, mais uma vez, como já ocorrera em Veneza e na França, Casanova acabou na prisão. Passou vários meses encarcerado e só foi libertado quando prometeu abandonar a Espanha e esquecer Nina, a tataravó e quem mais fosse.

As histórias do grande sedutor continuam a rolar como lendas. E seu livro de memórias continua a ser impresso mais de duzentos anos depois. Essa permanência literária é garantida pela graça da narrativa. Ele usa a ironia, com habilidade e toques de cinismo, num texto limpo, direto e elegante que, por essas virtudes, conseguiu resistir ao tempo. O personagem é o próprio Casanova, suas aventuras amorosas e suas desditas com maridos e amantes traídos, em episódios que fazem o saboroso enredo das histórias. Nunca lhe faltou audácia, mas, por certo, também nunca lhe faltou tolerância: não só de maridos e amantes traídos, mas até, dois séculos depois, do solidário tataraneto de uma namorada espanhola.

Casanova, Lord Byron, Rimbaud, Hemingway, entre outros grandes transgressores da História, têm uma provação em comum: suas vidas (quase sempre na versão caricatura) são mais valorizadas do que suas obras. Casanova é um bom exemplo. Na verdade, como escritor, a fama é injusta: além da *História da minha vida*, os seis volumes de suas célebres memórias e outros livros como *História da minha fuga das prisões de Veneza* e *Amours* são textos interessantes que documentam com vivacidade e refinamento os costumes da época.

Mas, como sedutor, que era tudo o que, aparentemente, desejava ser, Casanova fez jus ao prestígio: enfrentou acidentes de percurso e contratempos consideráveis. Hoje é difícil separar a verdade da anedota, mas o conjunto da biografia (e alguns de seus lances insólitos) *si non è vero, è ben trovato*. Além da tataravó espanhola, construiu um currículo que se confunde com a fábula, iniciado ainda na adolescência, quando foi expulso, por conduta indecorosa, do seminário onde se preparava para ser padre. Parece que desencaminhou a jovem neta de um bispo (segundo fofoca da época) que dava a sopa, no sentido literal, no refeitório.

Mais tarde, já adulto, quando consolidava seu prestígio junto às cortes europeias, foi condenado e preso pela Inquisição porque, na conquista de uma bela marquesa, para impressioná-la, não hesitou em dedicar-se à prestidigitação e à magia negra.

Em seu diário, lamentou que nada teria acontecido se não fosse o ressentimento de um marido ciumento. Depois de fugir da prisão, sua falta de sorte com a Igreja repetiu-se certa vez em que convenceu uma jovem freirinha de Veneza a deixar o convento. Passaram juntos uma noite de surpresas inesquecíveis em que ele, sempre atento ao encanto afrodisíaco da cozinha, preparou, antes do amor, frutos do mar refogados com nozes, regados a champagne. Mas, na manhã seguinte, a freirinha se arrependeu e denunciou-o ao bispo (terá sido o avô da moça do refeitório?). O certo é que Casanova acabou perseguido e preso outra vez por iniciativa da Igreja. Em sua defesa, revidou a traição da religiosa arrependida, alegando que a situação era inversa: ele, um nobre respeitável, é que fora desencaminhado por uma freira fugitiva.

Conta-se que, certa vez, num hotel do interior, Casanova mostrou a um amigo uma jovem camareira "deliciosamente linda", que deveria ter "não mais de catorze anos, mas com a vivacidade e o desenvolvimento de uma mulher de dezesseis". Quando quis se aproximar da garota, o amigo advertiu escandalizado que ela era "excessivamente jovem". Casanova reagiu imperturbável: "Não se preocupe. Esse problema o tempo se encarregará de resolver".

O coroa mais legal da história do cinema

A revista *Esquire* deu destaque a uma macropesquisa de opinião com homens jovens norte-americanos, entre os vinte e os quarenta anos, realizada para eleger "o cara mais legal da história do cinema".

Campeão absoluto? Clint Eastwood.

Na verdade, em vez do "cara" acabou sendo eleito o "coroa" mais legal... A escolha é compreensível para quem nasceu nos anos 1960/70, e cresceu assistindo aos filmes de Dirty Harry que, entre tiros e socos, fazia justiça do seu jeito. Mas, pensando bem, não parece estranho o voto no velhote de *Cowboys do espaço*, em vez de, por exemplo, George Clooney?

Talvez. Mas a revista sugere uma explicação: nas incontáveis crises que pontuaram a masculinidade "made in Hollywood" nos últimos cinquenta anos, Eastwood tem construído uma imagem de coerência e solidez em meio à incerteza e à confusão. A escolha parece uma refutação ao tipo "machão" (Burt Reynolds), aos feios engraçados (Woody Allen), aos insolentes charmosos (Bill Murray) e aos bonitões frios e enigmáticos (Steve McQueen, Brad Pitt).

Para o jornalista Hipolito Lugones, da *Esquire*, Clint conseguiu encarnar a virtude masculina definitiva, que jamais sairá de moda: a moderação. Lugones acredita que é uma ironia que Clint seja às vezes confundido com um ícone machista:

"O machismo é um problema característico de tipos inseguros que compensam suas dúvidas exaltando a própria masculinidade."

E, de fato, Eastwood parece nunca ter "dúvidas", nem necessidade de "compensar" nada. Sua marca é necessitar o mínimo, ter o mínimo, explicar o mínimo... Esse é o seu dom: economia de movimento e de ação.

Na tela, com seus personagens (e também nas suas discretas aparições públicas como ele mesmo), personifica o homem que luta contra suas ânsias e desejos e, por fim, domina e controla suas reações.

Normalmente seus personagens combinam dois papéis clássicos: o detective amargo típico de Dashiell Hammett e de Raymond Chandler e o cowboy solitário que monta seu cavalo e abandona a cidade a trote, depois de cumprir o seu dever.

É um arquétipo dotado de autodomínio exemplar. Se C.G. Jung pudesse examinar o caso, por certo diria que sintetiza imagens psíquicas do inconsciente coletivo de grande parte dos homens ouvidos na pesquisa.

À medida que envelheceu, essa virtude de Clint se enriqueceu com um traço de tolerância diante da fragilidade alheia. Assim como ocorre aos grandes vinhos, o envelhecimento lhe fez bem: em vez de avinagrar, Clint Eastwood cresceu com o decorrer do tempo.

Por certo, Dirty Harry não deixava de ter um toque fascista fazendo justiça pelas próprias mãos. Mas *Sobre meninos e lobos* (*Mystic River*) é uma reflexão profunda sobre o instinto de vingança, e *Gran Torino*, além de discutir o racismo, é um ato de fé na justiça: não renega, mas deixa Dirty Harry para trás.

Além disso, a audácia e coragem de apostar suas fichas em cada novo projeto. Clint Eastwood se atreve com tudo

– até mesmo com a vida depois da morte em seu filme mais recente. A *Esquire* saudou-o como um octogenário surpreendente e ousado, criativo, de mente aberta, que nada tem a ver com o culto às celebridades: virtudes que o elegeram o cara – e/ou o coroa – mais legal da história do cinema. Na verdade, essa escolha parece ser, acima de tudo, o reconhecimento a um dos raros fenômenos do show business que podem servir como exemplo e como esperança para a vida real.

Eu também queria ser Cary Grant

O ex-marido de Julia Roberts, Lyle Lovett, conquistava mais as mulheres por seu velho estilo do que por suas belas canções, segundo a revista *Esquire*. Embora dizendo que nunca foi Cary Grant ou George Clooney abrindo a porta da limusine para jovens gatinhas, Lyle Lovett concordou em revelar a *Esquire* "algumas regras de convivência com as mulheres", como ele, modestamente, chamava o seu dicionário de truques. São recomendações de um homem de estilo. Nunca tente adivinhar a idade de uma mulher. Jamais tente adivinhar o peso dela. Qualquer assunto que possa se aproximar da idade ou do peso dela deve ser terminantemente evitado. Nunca olhe para dentro da bolsa de uma mulher, seja ela tua noiva, uma prima distante ou uma conquista recente. Não arrisque. Não sabemos o que há lá dentro. E nós, que somos cavalheiros, nem queremos saber.

Um cavalheiro é alguém que não deixa nada ao acaso: o cavalheiro tem uma disposição ilimitada para o esforço, dizem os ingleses. Borges acreditava que a um verdadeiro cavalheiro só podem interessar causas perdidas. Edward Burke, filósofo inglês do século XVIII, dizia que o rei pode transformar qualquer um em nobre, com um título nobiliárquico, mas não é possível transformar alguém em cavalheiro. Um verdadeiro cavalheiro, antes de tudo, a qualquer hora e em qualquer situação, é alguém que tem estilo.

Estilo, para todos os momentos, é palavra-chave. Estilo é a resposta para tudo, já dizia Charles Bukowski, o velho safado, no célebre monólogo, que nos fazia delirar nos anos 80, recitado por Ben Gazzara no filme *Crônica de um amor louco*, de Marco Ferreri. Talvez Bukowski tenha conseguido uma ideia geral desta palavra indefinível:

"Estilo. Estilo é a resposta para tudo. É um jeito especial de fazer algo tolo ou formidável. Antes fazer algo tolo com estilo do que algo formidável sem estilo. Fazer algo formidável com estilo é Arte. Fazer amor pode ser arte. Abrir uma lata de sardinhas pode ser arte. Poucos têm estilo. Poucos sabem manter um estilo. Há cães com mais estilo do que homens. Embora poucos cães tenham estilo. Gatos têm mais. Quando Hemingway estourou os miolos, isso foi estilo. Há gente que dá estilo ao que faz. Joana D'Arc tinha estilo. João Batista, Jesus, Sócrates, César, García Lorca. Conheci homens na prisão com estilo, conheci mais na prisão do que fora. Estilo é a diferença. Um jeito de fazer, um jeito de se fazer. Seis garças imóveis na beira de um lago. Ou você saindo nua do seu banho... sem me ver."

Cary Grant, o grande ator falecido em 1986, sem dúvida, tinha estilo.

Alfred Hitchcock dizia que ninguém "dominava a tela" como Grant:

"O seu ar de estar sempre à altura dos acontecimentos é uma ilusão estudada insuperável."

Hitchcock tinha tanto respeito pelo "estilo Cary Grant" que, em *North by Northwest* (*Intriga internacional*) e em outros filmes, dispensou o guarda-roupa da produção e pediu que Grant usasse nas cenas seus próprios ternos, que eram magníficos.

Ninguém definiu melhor esse cavalheiro elegante, no seu estilo soberbo de viver e representar, do que ele próprio. Certa vez um repórter disse a Cary Grant com uma ponta de inveja:

"Todos querem ser Cary Grant..."
E Cary Grant respondeu com modéstia:
"É... Eu também queria ser Cary Grant!"
Italo Calvino, uma vez mais tinha razão: "se o mundo é cada vez mais insensato, a única coisa que podemos tentar fazer é dar-lhe algum estilo".

Saudades de Stálin?

Algum tempo atrás, numa das entrevistas sobre o lançamento de seu livro de memórias, uma dama respeitável da alta sociedade carioca provocou sorrisos dos repórteres ao reclamar do preço exorbitante do caviar. Ela não exagerava em suas queixas, que resultam da verdadeira guerra predatória movida pela cobiça dos pescadores contra o esturjão, peixe que produz as preciosas ovas do caviar.

Uma boa leitura para quem consome caviar, ou para quem se contenta em saborear boa literatura, é a excelente tradução brasileira do livro *Caviar*, da jornalista Inga Saffron, uma americana que viveu muito tempo em Moscou. São mais de trezentas páginas cativantes sobre essa iguaria, que tem sua origem 250 milhões de anos antes do aparecimento do homem, quando os esturjões já subiam os rios. Era a época dos dinossauros, que em sua maioria desapareceram: "Uns poucos ainda restam, disfarçados em jornalistas, escrevendo sobre caviar e outras delícias em extinção", segundo Anonymus Gourmet, que considera o caviar gênero de primeira necessidade.

Os esturjões sobreviveram aos dinossauros, e os cientistas hoje os consideram como fósseis vivos, pois mudaram pouco através dos milênios. Apicius, na apresentação (saborosa como caviar) da edição brasileira do livro de Mrs. Saffron, diz que, na antiga União Soviética, os comunistas controlavam com mão de ferro a qualidade do produto.

"Mas com o fim do comunismo, a pesca caiu nas mãos de qualquer um. Hoje não se pode mais confiar no caviar russo, como nos tempos de Stálin" – suspira Apicius. O caviar é tão arrebatador, que sua sedução é capaz de provocar esses extremos: saudades de Stálin.

Onassis gostava de comer caviar prensado. Christian Dior sempre preferiu a preciosa iguaria com um ovo malpassado por cima.

Depois de pescado o esturjão, sua barriga é, de imediato, aberta para a extração das ovas, que são extremamente perecíveis e se deterioram em pouquíssimo tempo: mesmo quando prensado ou impregnado de sal, o caviar se estraga com mais rapidez do que outras comidas. O esturjão foi salvo, durante centenas de milhões de anos, por essa fragilidade. A natureza efêmera das ovas foi uma redenção, porque significou uma limitação compulsória do consumo durante séculos, salvando o esturjão da extinção completa.

Entretanto, hoje em dia, as ovas podem ser pasteurizadas (as leis da União Europeia exigem que assim sejam, por razões sanitárias) e ganharam durabilidade, adulteradas com o conservante bórax e embaladas a vácuo. O caviar pode ser despachado em segurança para qualquer lugar do mundo. As consequências são trágicas, porque o caviar deixou de ser uma iguaria local perecível – e não faltam encomendas das mesas mais remotas da Terra. Com isso, os dias do antiquíssimo esturjão estão contados.

Então, a má notícia é que o caviar, enquanto não desaparecer por completo, estará cada vez mais caro. Almas Golden Caviar, o caviar mais caro do mundo, é um exemplo. Trata-se de um caviar iraniano, de ovas retiradas de esturjão beluga de cem anos de idade. A embalagem da iguaria é feita de ouro, e o seu preço (fora o custo da embalagem) é regulado exatamente pelo preço de mercado da grama do ouro.

O cardápio do Conde insaciável

Na pequena localidade de Conversano, no sul da Itália, a surpresa de uma estranha celebridade: o Conde que séculos atrás comandou a pequena cidade, conhecido pela prepotência e, também, sejamos justos, pela potência: exigia a primeira noite de núpcias com todas as noivas que casavam na cidade. Mesmo quando havia diversos casamentos num fim de semana, aquele nobre fogoso não abria mão de suas prerrogativas. Assim, durante muito tempo, grande parte dos nascidos no lugar eram filhos do Conde.

Conversano fica na região da Puglia. Tinham anunciado uma terra árida e quente, com pouca água e coberta de sol. Encontramos muita chuva e uma primavera gelada com temperaturas que chegaram perto do zero: contrastes e paradoxos de uma terra pobre e belíssima. Mesmo com frio e chuva seus encantos impressionam – como o mar de Trani de um verde espantoso. Mais adiante, o mar fica azul, em Polignano, terra de Domenico Modugno que se inspirou nas águas se confundindo com o céu para compor o clássico "Volare" ("...nel blu dipinto di blu..."). Ali perto, não faltam edificações históricas de dois mil anos na cidade de Matera que serviu de cenário para *A paixão de Cristo*, filmada por Mel Gibson.

A Puglia é a capital mundial da Dieta Mediterrânea, a dieta longa vida que combate o mau colesterol, a hipertensão arterial e diversos tipos de câncer. Três anos atrás parecia uma moda passageira, embora marcante (um livro sobre o assunto chegou ao topo da lista dos mais vendidos do *New York Times*), mas ganhou a dimensão de um estilo de vida para muitas pessoas no mundo inteiro. Na origem, a Dieta Mediterrânea era produto da pobreza e das dificuldades meridionais. Na falta absoluta de recursos melhores como boas carnes, doces e gorduras, sem contar sequer com leite abundante, manteiga e galinhas para produzir ovos em quantidade, os "pugliesi" tiveram que se contentar com o que tinham há mil anos e que continuam tendo: verduras, frutas, cereais, azeite de oliva, vinho e o peixe abundante do mediterrâneo. O vinho e o azeite contêm flavonoides e resveratrol, substâncias mágicas para a longa vida. Muitas ervas e verduras são selvagens e brotam abundantes no solo pedregoso. Da precariedade, surgiu uma mesa farta e variada que, além de saborosa, atende todos os requisitos da alimentação saudável. Esse cardápio, por certo, foi determinante para o vigor exuberante do insaciável Conde de Conversano.

O abismo do arroz empapado

Anonymus Gourmet pergunta a si mesmo: o que fazer diante daqueles convivas que torcem o nariz com repugnância diante do nosso bife malpassado que parece sangrar no prato?

"Sorria e continue se deliciando", é a sugestão de Robert L. Wolke, professor emérito de química da Universidade de Pittsburgh, autor do divertido *O que Einstein disse ao seu cozinheiro* (*What Einstein Told His Cook*).

Esse conselho iluminante vale para a vida em geral. Anonymus acha graça, por exemplo, quando percebe algum nariz torcido diante de livros de culinária, como se pertencessem a uma categoria subliterária de gosto duvidoso, que exige uma habilidade menor:

"Ora, ora, enaltecer uma paisagem é fácil, mas tente descrever com clareza o passo a passo de um pãozinho de minuto" – reage Anonymus Gourmet lembrando a frase de Laurence Olivier: "Morrer é fácil, comédia é que é difícil".

Nesse sentido, Anonymus pondera: "Não digo que tenha sido fácil para Dante Alighieri o relato da descida ao Inferno, mas, convenhamos, os procedimentos de certos suflês exigem narradores experimentados".

E busca apoio nas autoridades do ensino norte-americano: escrever receitas culinárias é um exercício literário há tempos reconhecido pelas mais importantes universidades de lá, e "escritor culinário" é uma das especialidades oferecidas aos jovens universitários.

Quando Anonymus Gourmet tem dúvidas sobre a existência terrestre, relê *Seis propostas para o próximo milênio* (especialmente o capítulo intitulado "Leveza"), de Italo Calvino. Nesse livro esplêndido, verdadeira navegação de alto-mar nas águas às vezes revoltas da literatura universal, Calvino destaca como um dos momentos notáveis da literatura italiana o texto em que Carlo Emilio Gadda descreve uma receita culinária:

"...sua receita de risoto à milanesa é uma obra-prima da prosa italiana e da sabedoria prática, pelo modo como descreve os grãos de arroz em parte ainda revestidos pelo invólucro ("pericarpo"), as panelas mais apropriadas, o açafrão, as várias fases da cozedura."

Seis propostas para o próximo milênio, um volume com menos de 150 páginas, é um livro de autoajuda ao contrário. Os livros de autoajuda vendem milhões dando respostas.

Enquanto isso, Calvino faz perguntas. E cultiva desconfianças, principalmente de si próprio:

"Tenho valores a defender. Resta ver se, com argumentos igualmente convincentes, não se possa também defender a tese contrária."

É a mesma inquietação que temos, pilotando o fogão, quando o risoto vai se aproximando de forma inexorável do final, e nossa reputação depende da quantidade certa de caldo a ser acrescentado. Uma colher a mais pode ser a glória. Ou a queda livre para o abismo do arroz empapado.

Almoço sossegado e uma soneca

Quando Anonymus Gourmet é acossado pelos presságios e incertezas do mundo, gosta de abrir sua velha caderneta Moleskine preta para reler uma pesquisa tranquilizadora, divulgada na primeira década do século XXI, que, segundo ele, "nos dá esperança de que nem tudo está perdido". Enquanto o ritmo de vida, a pressa, a poluição, a luta para ganhar dinheiro, as aflições e neuroses do cotidiano dominam os corações e mentes da população e se tornam mais febris no mundo desenvolvido e também no subdesenvolvido em geral, enquanto tudo isso vai acabando conosco, na Itália... (Maestro Lopes, por favor, "Arrivederci Roma", com Nat King Cole!) ...na Itália, a maioria das pessoas encontra tempo para um prato de massa no meio do dia! E muitas pessoas até se permitem tirar uma soneca, garante a pesquisa.

Isso sim é que é viver civilizadamente. Nós outros, vândalos e bárbaros, que não temos o menor respeito pela nossa própria saúde, somos capazes de barbaridades do tipo: comer um sanduíche de pé, às vezes na própria mesa de trabalho. Geralmente reservamos a nós mesmos sanduíches sem biografias, de obscuras origens, preparados por mãos suspeitas que sabe-se lá por onde andaram.

O pior de tudo é que cada vez ganha mais prestígio o equívoco segundo o qual para ter um almoço sossegado, com o celular desligado por uma ou duas horas, numa mesa bem-posta, guarnecido por um copo de vinho honrado, o vivente deve ser rico ou vagabundo.

A pesquisa rebate vigorosamente essa injúria. Segundo o Instituto de Estatística Nacional italiano, que ilumina a pesquisa com seus dados, 75% dos italianos voltam para casa na hora do almoço, que ainda é considerado a principal refeição do dia. Ainda que se pudesse somar todos os ricos e todos os vagabundos da Itália, o contingente ficaria longe dos 75%. Portanto, aqueles que vão em casa para almoçar com calma e com vinho, e ainda curtem uma boa sesta, são ricos e pobres, na maioria por certo homens honrados, ou, no mínimo, homens comuns sem culpa formada ou suspeita.

Entretanto, esse número de 75% é preocupante, porque, em 1993, o número de italianos que iam para casa diariamente comer ao meio-dia representava 85% da população. A vantagem ainda é confortável, mas a barbárie conquistou 10% para o time dos que almoçam de pé, engolindo sanduíches sem biografia.

Num outro item, os números continuam consistentes: 58% dos italianos não dispensam um bom vinho em seus almoços sossegados. Segundo Anonymus Gourmet, "também nesse item a civilização ganha da barbárie no primeiro turno, com maioria absoluta".

Dezesseis daiquiris numa tarde

Nas férias, liberam-se apetites diversos. Encontros e reconciliações com pessoas próximas e distantes, com mesas exuberantes... À tarde, depois da sesta, entre a dezena de livros e filmes que alimentaram os apetites de Anonymus, ficaram dois destaques: as primeiras quatrocentas páginas (de um total de mais de oitocentas) de *Ulisses*, de James Joyce, e o DVD de *Os assassinos*, de Don Siegel, com Lee Marvin, John Cassavetes, Angie Dickinson e Ronald Reagan, todos atores espetaculares, inclusive Reagan, que impressiona como um salafrário perfeito. O filme começa onde termina o conto de mesmo título de Ernest Hemingway, a incrível história do homem que aguarda serenamente pelos assassinos que vão liquidá-lo.

Lee Marvin é o bandido gelado que não vacila em descarregar a arma no impecável Cassavetes, mas fica perplexo: "Nos últimos 25 anos matei todo o tipo de gente. Eles sempre tentam fugir, esboçam uma defesa, pedem clemência pelo amor de Deus... Mas esse cara não fez um gesto!". Marvin e seu capanga não se conformam com o olhar de superioridade e o leve sorriso de Cassavetes, alheio às balas que o ferem mortalmente. O filme é a frenética busca de uma resposta ao enigma. Os bandidos ficam fascinados pela sua vítima e, numa insólita contradição poética, se tornam seus vingadores.

O diretor Don Siegel teve o talento de preservar a magnífica ideia central da história. A mesma chave que resolve o filme é o coração do conto magistral de Hemingway: a morte da alma vem antes.

Durante anos a obra de Hemingway andou esquecida e subestimada. Para esse equívoco contribuíram as suas aventuras como correspondente de guerra, toureiro, comandante de barcos em alto-mar, grande comilão e beberrão imbatível.

No Floridita, em Havana, Hemingway estabeleceu o fantástico recorde de dezesseis daiquiris consumidos numa única tarde, "voltando depois para casa pelas próprias pernas, sem ser carregado", como foi consignado na parede do bar. As tardes de Hemingway eram reservadas para essas comilanças e bebedeiras lendárias – excessos que, com certeza, iluminavam as obras-primas da manhã seguinte.

Hemingway trabalhava como um operário: começava a escrever de madrugada, na primeira luz da aurora.

As histórias folclóricas do bufão embriagado por certo têm graça. Mas ficam esbatidas diante de suas magníficas lições de concisão e clareza verbal que, aliadas a um comovente sentido de humanidade, cintilam no conto "Os assassinos" – ou no emocionante relato da luta do velho Santiago para matar e depois para salvar o grande peixe, em *O velho e o mar*.

Novos olhos desviados das coisas mortas

Dia 2 de julho de 2011 prestei respeitosa reverência, com um cálice de daiquiri, ao aniversário de um tiro no coração que levei aos onze anos de idade, cinquenta anos atrás. Foi quando Ernest Hemingway, herói da minha adolescência, se matou no dia 2 de julho de 1961 com um tiro de arma de caça. Ainda lembro como aquela detonação me comoveu, um garoto que acabara de descobrir, maravilhado, *O velho e o mar*.

Prêmio Nobel da literatura nos anos 50, Hemingway viveu um exílio injusto depois da morte: sua obra, celebrada, cultuada e imitada à exaustão, teve tempos de declínio. Mas o tempo e, na expressão de Le Courbusier, "novos olhos desviados das coisas mortas" se encarregaram de reconhecer que os dias aventurosos, as bebedeiras e comilanças, as caçadas, as pescarias, as navegações turbulentas, as mulheres, as touradas e tantas outras estrepolias e tempestades pessoais foram pilares e inspirações indispensáveis a uma obra que, nos Estados Unidos, na Europa e também no Brasil, meio século depois da morte do seu autor, volta a despertar interesse e admiração. Meio século depois da morte, a ressurreição literária.

Em 1991, trinta anos depois daquele tiro incompreensível, numa viagem a Cuba, saí em busca dos rastros de Hemingway. Parecia um sonho, numa tarde ensolarada de Havana, ser recebido no balcão do Terraza de Cojímar, por alguém tão próximo do escritor mítico da minha adolescência:

Gregório Fuentes, que foi o piloto, o imediato, o cozinheiro e o marinheiro do barco *Pilar*, navegando por mais de uma década com o comandante Hemingway pelas águas do Caribe – ou zelando carinhosamente pela esplêndida embarcação quando o seu capitão a abandonava temporariamente, para virar o mundo caçando elefantes na África ou mulheres bonitas na Europa. Gregório serviu de inspiração para Hemingway compor o "Santiago", o velho pescador de *O velho e o mar*, e não há dúvida de que o "Antônio" de *Ilhas da corrente* é inteiramente calcado nele. No Terraza de Cojímar, Hemingway convidava Gregório e os pescadores da região para almoços intermináveis com muito rum e os melhores camarões apimentados de Cuba. Além de companheiro no barco e personagem na literatura, Gregório tornou-se, durante mais de vinte anos de convivência, um dos melhores amigos cubanos do "Papa", como sempre referia afetuosamente quando recordava o comandante. Eram tão amigos que lhe coube por legado, depois da morte do *patrón*, o território onde conviviam: o barco *Pilar*.

Escritor, gourmet, caçador, pescador de alto-mar, sedutor de estrelas, cidadão do mundo e bon vivant, Hemingway foi uma estrela do seu tempo, com lances sempre surpreendentes.

Gabriel García Márquez amava essa história do recorde de mesa de bar: sempre teve fascinação pelos exageros, pelas comilanças indescritíveis e pelas bebedeiras lendárias de Hemingway. Tentou encontrá-lo várias vezes nos restaurantes de Paris, quando ambos viviam lá, nos anos 50. Mas conseguiu vê-lo apenas uma vez. De longe.

García Márquez não passava de um autor desconhecido naquele dia chuvoso da primavera de 1957, em Paris, quando descia o Boulevard Saint-Michel e viu, do outro lado da rua, entre os transeuntes, a figura célebre de Ernest Hemingway, imenso e inconfundível, com seus quase dois metros de altura, caminhando despreocupadamente.

Numa saborosa crônica publicada no diário cubano *Granma*, García Márquez escreveu que, naquele momento, emocionado pela visão inesperada, teve o ímpeto de atravessar correndo até a calçada oposta para confraternizar com seu ídolo. Prudentemente, no entanto, se conteve:

"Eu não tinha muita confiança no espanhol dele. Nem no meu inglês."

Limitou-se a gritar:

"Mestre!"

E García Márquez recebeu em troca, da outra calçada, o aceno amistoso de um sorridente Hemingway:

"Ele compreendeu que não poderia haver outro *mestre* na multidão de estudantes do Boulevard Saint-Michel".

Hemingway fez mais, além de acenar ao jovem desconhecido. No castelhano possível, berrou:

"Adiós, amigo!"

Nunca mais os dois voltariam a se cruzar.

"O meu Hemingway pessoal" é o título desse relato em que García Márquez preservou aquele instante fortuito quando o mais famoso Prêmio Nobel dos anos 50, então no auge da fama, retribuiu à sua comovida reverência de escritor principiante.

Mal sabia o insuperável autor de *Adeus às armas* que aquele anônimo admirador do outro lado da rua, leitor voraz de seus livros, menos de três décadas depois, também chegaria a conquistar o Prêmio Nobel.

A dieta das vizinhas namoradeiras

"Morro e não vejo tudo" – disse Anonymus Gourmet, muitos anos atrás, numa tarde ensolarada de Verona, durante a Vinitaly, uma das maiores feiras de vinhos do mundo, rivalizando com a Vinexpo francesa nos números assombrosos: dez gigantescos pavilhões, abrigando quatro mil expositores que recebiam 140 mil visitantes de uma centena de países. Na "Sala di Stampa" éramos 2,5 mil jornalistas.

Mas a perplexidade de Anonymus Gourmet não foi em razão desses números da grande feira. Mas sim por causa de uma degustação de azeite. Degustação de azeite? Depois que a *Playboy* promoveu uma degustação de água mineral, tudo é possível.

Naquele ano, junto com a Vinitaly, ocorria o Salone dello Olio di Oliva, conhecido por SOL, nome que sugeria uma irônica consolação diante daqueles dias de primavera gelada e nublada de Verona. E nesse salão eram organizadas degustações.

Já imaginou uma degustação de azeite?

O convite do pessoal da Veronafiere, organizadores da Vinitaly, era irresistível. Mas a querida Janice, da Câmara Italiana de Comércio do Rio Grande do Sul preveniu:

"Te cuida, porque não vai ser azeite em salada."

E, de fato, não havia uma só folha de alface por perto, e nenhum tomate desgarrado apareceu para salvar Anonymus Gourmet, obrigado a beber azeite em copo, como se fosse vinho.

Os degustadores, talvez por exigência regimental, faziam aquelas mesmas caras inescrutáveis dos entendidos em vinho: observavam o conteúdo do copo de azeite contra a luz, com a sobrancelha erguida e olhar inquisitivo. Depois, uma lei não escrita mandava enfiar o nariz no copo e fechar os olhos numa espécie de transe. Na borda do copo, o nariz dá lugar aos lábios, sorvendo um gole. Depois, a boca se fecha, bochechando lentamente, para em seguida, "mastigar" o óleo.

No caso do vinho, os iniciados não engolem: cospem num recipiente adequado, temendo serem embriagados por aqueles sabores que tentam compreender. Mas aqueles experts do azeite engoliam. E faziam discursos insondáveis, semelhantes aos seus colegas do vinho.

No final de tudo, Anonymus Gourmet ficou entusiasmado com a experiência por outros motivos, que nada tinham a ver com as caras e bocas dos degustadores:

"Lembrei de um amigo, que passou dos noventa anos de idade, forte e rijo – sempre de olho numas vizinhas namoradeiras, segundo confidenciava."

O tal amigo atribuía a saúde – e o olho vigilante nas vizinhas – a um copinho de azeite de oliva que engolia toda manhã, desde sempre, bem antes de a medicina descobrir o que se sabe hoje sobre as valiosas propriedades do azeite de oliva.

Com expressão precavida, Anonymus bebeu mais um gole de azeite: "É a dieta das vizinhas namoradeiras. Um copo de esperança rumo aos noventa de idade".

A ÁREA VIP

A tempestade e o conhaque

Depois de dominar os oceanos por quatro décadas com sua argúcia de velho lobo do mar, o Almirante Vasco Marques, agora, vive em sossegada reforma, ao lado da sua Rosarinho, num castelo aprazível além do Bairro Alto de Lisboa. Quando a noite desce sobre a Península Ibérica, enquanto Rosarinho leva ao forno uma garoupa recém-pescada, o "Homem do Norte" (como o Almirante é conhecido na cidade do Porto) desce à adega suntuosa e mergulha na dúvida torturante: "Barca Velha ou Château Margaux? O que beber no jantar?". Decide-se, por fim, por um Alvarinho, perfumado e resfriado, que, em vez de constranger, vai enaltecer a garoupa.

"Navegar é o destino dessa raça!..." – diz Rosarinho, resignada ante a vocação incontornável do grande marinheiro. O comentário é feito, não por acaso, ao pé da belíssima estátua de Pedro Álvares Cabral que domina o átrio do castelo onde mora o casal.

Quando fala em "raça", Rosarinho se refere de forma ambivalente à raça portuguesa e também à raça dos homens indômitos que arrostam os perigos, os presságios e a tempestade – e sabem que, depois da tempestade, vem o sossego do conhaque.

O Almirante, sem qualquer vaidade, sabe que pertence às duas estirpes. Ele compreendeu os versos de Fernando Pessoa – "navegar é preciso, viver não é preciso" – terçando armas com um pirata armênio no tombadilho de uma escuna (antiga embarcação à vela, de mastreação constituída de gurupés e dois mastros): navegar é uma ciência exata e necessária; viver, além de ofício incerto, só é indispensável com honra.

Na reforma sossegada – depois da garoupa inexcedível, nos devaneios do conhaque – o Almirante reflete que tem apenas três características que o diferenciam da "raça" portuguesa: 1) detesta bacalhau; 2) detesta pastéis de Belém; 3) detesta piadas de português.

Mas sabe rir de si mesmo e considera "uma síntese da pátria" a história do alentejano que foi a Lisboa consultar o médico. O alentejano, aquele matuto natural do Alentejo, a região mais pobre de Portugal, foi a Lisboa para um exame periódico de saúde. Depois de medir a pressão, censurar a bebida e os charutos, o médico decidiu auscultar sua alma:

– E ... quanto à vida afetiva... tudo bem com o sexo?

– Uma ou duas vezes por mês – resignou-se o alentejano.

O médico ficou perplexo:

– Sóóóóóó?! Com a sua idade e a sua saúde? Que absurdo! Eu que sou muito mais velho, tenho sexo duas a três vezes por semana.

O alentejano ficou meio sem jeito:

– Pois é, doutor... Mas o senhor é médico em Lisboa e eu sou padre numa pequena vila do Alentejo!

O Almirante Vasco Marques mandou traduzir essa pequena fábula para o latim, e determinou sua remessa à secretaria-geral do Vaticano, como contribuição ao debate sobre castidade e casamento de padres.

Que raio de língua é essa?

Rubem Braga, que tinha a mágica secreta de escrever com encantamento, contou que dois brasileiros conversavam animadamente num café de Lisboa, quando foram interrompidos pelo garçom, que perguntou, intrigado:
"Que raio de língua é essa que estão aí a falar, que eu percebo tudo?"

É a síntese graciosa de nossas relações: portugueses e brasileiros nos estranhamos mas nos entendemos; estamos, ao mesmo tempo, tão longe e tão perto. Para nós, quando lá se chega, em meio à crise global anunciada, surpreende o país renovado com hotéis modernos, shopping centers, as grifes mais famosas, restaurantes espetaculares, temporadas de teatro e ópera que rivalizam com Viena e Berlim.

Mas tem o tempero irresistível: ao lado da modernização vertiginosa, Portugal continua a cultivar suas raízes, preservando seus tesouros.

Um jantar no elegante CS Vintage Lisboa, um dos hotéis mais elegantes da Europa, foi a oportunidade de Anonymus Gourmet conferir, na mesa, essa conciliação portuguesa entre a tradição e a modernidade audaciosa. O prédio é uma severa edificação neoclássica cuidadosamente restaurada.

Quando se cruza a porta de vidro, entretanto, a decoração de elegância despojada, madeiras escuras e iluminação acolhedora, anuncia um ambiente contemporâneo, com luxo discreto e conforto. A diretora Teresa Saramago destaca cada detalhe e sugere que esse Portugal moderno foi construído durante mil anos.

Enquanto se dirigem ao restaurante, Anonymus Gourmet pergunta como conciliar na mesa a modernidade com a velha e boa cozinha portuguesa?

A chef Susana Venâncio promete reler as comilanças lusas com uma lente tolerante e bem-humorada. Para abrir os trabalhos, ela faz uma homenagem à tradição pesqueira e oferece uma rosa de salmão defumado, com um buquê de chicórias, ovo cozido e um creme saboroso que atende por "molho cock-tail".

A seguir, "meia desfeita de bacalhau" (um indizível bacalhau demolhado desfiado, temperado com azeite e alho). Como se não bastasse, chegam em seguida, com Amália brilhando num fado ao fundo, lulas recheadas à Portuguesa com purê de ervilhas e uma rosácea de legumes.

A festa já estaria completa, mas os portugueses tem um ditado milenar: "peixe não puxa carroça".

Por isso a chef, com o assentimento entusiasmado de Teresa, apresenta a grande estrela da noite: um soberbo filé de vitela com risoto de aspargos e cogumelos salteados.

"Havia violinos ao fundo, ou foi impressão?", pensou Anonymus.

Não há certeza sobre os violinos mas os vinhos Solar da Rede, o branco e o tinto, honraram o cardápio. O branco foi especialmente feliz sublinhando a excelência da torta de laranja com "leite-creme" perfumado com frutos silvestres. Foi o final impecável para uma noite deslumbrante, de saborosa celebração da boa mesa portuguesa: velhos clássicos renovados por toques magistrais.

Um imenso Portugal

Abril, 2011. Depois de semanas viajando entre Lisboa e Porto, a volta para casa com uma tranquilidade: Portugal continua onde sempre esteve. Os jornais dão notícia de uma crise econômica severa. Por certo, não faltam problemas. Mas encontramos na maioria das pessoas uma disposição incomum para enfrentar as dificuldades.

Por onde andamos, foi inevitável lembrar do verso de Brecht: brilhava nos olhos dos que nos receberam a esperança. O ânimo empreendedor não arrefeceu. Testemunhamos diversos bons exemplos. Enquanto se discutia a crise, o país lembrava suas riquezas, únicas na Europa: dias luminosos, povo acolhedor, paisagens deslumbrantes, vinhos de primeira classe e a velha mesa farta, variada, perfumada, saborosa... Para não falar nos doces de Aveiro, únicos no mundo, que só reconhecem filhos legítimos em Pelotas.

Quem foi capaz de plantar videiras entre as pedras nas montanhas do norte, criando o Porto, o "rei dos vinhos", por certo encontrará respostas para as perplexidades do presente, proclamava o Almirante Vasco Marques, marujo veterano acostumado às tempestades, que tranquilizou Anonymus Gourmet sobre o futuro:

"Estamos aqui há mais de mil anos, enfrentando naufrágios, invasões e terremotos. Nada nos abala."

E lembrou a frase do Marquês do Pombal depois do terremoto que devastou Lisboa:

"Enterrados os mortos, vamos cuidar dos vivos!"

Estrela indiscutível da viagem: o jovem Alarico, aos sete anos, personagem do nosso programa de TV, convidado dos amigos da TAP. Não hesitou em trocar o filé com fritas pelo sabor inesperado dos patos assados com batatas ao murro. Ficou encantado com o perfume do vinho do Porto, mas concordou em aguardar a maioridade para arriscar o primeiro gole. Na descida do Douro, de repente percebemos que o comandante do barco entregara o timão ao Alarico. "É um talento para a navegação", disse o velho marinheiro que, entretanto, prudentemente, ficou sempre por perto.

Desde logo nos impressionou na primavera lisboeta o número de turistas, em grande quantidade, por toda a parte, apesar de abril ser a baixa temporada. É que os portugueses se organizam para o turismo, nos hotéis, nos restaurantes, nas ruas, onde a segurança e o apoio aos visitantes é impecável. Resultado: Lisboa se tornou um importante destino turístico. Para se ter uma ideia de um dos números de apenas uma das atrações turísticas da cidade: os pastéis de Belém. O restaurante que produz esses famosos doces vende em média trinta mil refeições por dia. Por toda a parte, os números impressionam. A cidade de Lisboa recebe doze milhões de turistas por ano.

Além dos pastéis de Belém tivemos a oportunidade de navegar por sabores nunca dantes enfrentados. Certo dia, convidados para um almoço, nos foi servida uma iguaria incrível, num prato decorado, com perfume e sabor surpreendentes. Só não conseguíamos identificar o que era: picadinho de filé mignon? frango? carne de porco? Como era muito bom, fomos comendo, saboreando, até que, polidamente, perguntamos ao anfitrião, afinal, o que era aquela maravilha?! E veio a resposta: bochecha de boi! Exatamente, bochecha de boi... Receita portuguesa. É uma delícia, feita de um ingrediente baratíssimo. Tempos atrás encontrei bochecha aí no mercado público, a um real o quilo. Mas o fato é que não temos o costume de comer esse tipo de alimento. E, pensando bem, é um erro. Portugal reproduz um traço da Europa em geral, um traço cultural de não desperdiçar nada, aproveitar tudo. Até a bochecha do boi!

Um bife medicinal

Anonymus tem um testemunho recente e surpreendente para aqueles que supõem a formidável cultura gastronômica do Almirante Vasco Marques limitada aos rios e oceanos onde cada vez mais escasseiam os salmonetes, garoupas (que, grelhadas, são superiores às lagostas, garante o velho lobo do mar), pargos, pregados, robalos e outras criaturas aquáticas.

Os fatos ocorreram ao meio-dia de um céu com o azul do azul lavado pela chuva, que o incontornável poeta mineiro Paulo Mendes Campos ignorava que também existe em Lisboa, e não só em Belo Horizonte. Nesse meio-dia memorável, o Almirante convocou Anonymus para uma tarefa: precisava de ajuda.

"Estou gripado", informou o grande navegador, que, aos dezoito anos, reza a lenda, fez sua iniciação na principal embarcação de William Kidd, ex-comandante da Marinha inglesa que se tornou famoso com a alcunha de Capitão Kidd, que podia ser cruel ou gentil, bárbaro ou nobre, justo ou traiçoeiro: um mito enigmático da pirataria de alto-mar.

Com o Capitão Kidd, o Almirante aprendeu a amar os pratos de peixes. Mas jamais sufocou a paixão secreta pelas carnes. O grande cineasta Manoel de Oliveira, então com 103 anos (e com planos de dirigir um novo filme no próximo verão) confidenciou a amigos que gostaria, no novo filme, de ter pelo menos uma cena do Almirante diante de um de seus costumeiros bifes, tão malpassados, que o sangue escorre pelo prato. Certos desafetos do velho lobo do mar (grumetes e contramestres ressentidos com a rígida disciplina que o Almirante Vasco impunha a suas tripulações), tentando manchar a reputação do grande português, dizem que essa predileção pela carne tão malpassada é a saudade dos combates sangrentos no tombadilho do Capitão Kidd.

De qualquer forma, o boato, estabelecido como verdade sem discussão, é a mal disfarçada reserva do Almirante diante dos frutos do mar.

O grande Aurélio Buarque de Hollanda, que, além de pai do maior dicionário da língua portuguesa, era comilão emérito, jantando certa vez em Lisboa com o Almirante e sua inseparável Rosarinho, vibrou com decisão do nosso amigo, logo depois de um magro arroz de tamboril:

"Vamos aos bifes, porque peixe não puxa carroça!"

Na semana passada, outra vez o Almirante Vasco deixou escapar a preferência pela boa carne vermelha (e seus insuspeitados efeitos terapêuticos), ao anunciar, diante da magnífica fachada do suntuoso hotel CS Vintage Lisboa, a fórmula mágica para curar a gripe que o atormentava:

"Avinha-te, abifa-te e abafa-te!"

O velho marinheiro "avinhou-se" com um esplêndido Evel Grande Escolha (safra 2007, em grande forma!), "abifou-se" com um entrecot espesso e suculento, que provocou um oh de inveja de uma senhora de bigode de uma mesa ao lado, numa tasquinha próxima aos jardins do Príncipe Real.

Depois, completando o tratamento, foi abafar-se no belo palácio da Estrela.

A descoberta da Rosarinho

Sinal Verde é o nome simpático de um excelente restaurante da Calçada do Combro, no centro de Lisboa. O Sr. Eduardo é o guardião que zela pela dignidade do lugar. Os ingredientes mais frescos e da melhor qualidade, incluindo peixes e frutos do mar do dia, carnes escrupulosamente escolhidas, legumes e verduras de absoluto frescor, estão sempre lá.

O lugar foi descoberto por Rosarinho, a companheira do Almirante. Herdeira de longa tradição política e cultural de ministros e intelectuais que não envergonharam a pátria, ela tempera o refinamento natural com a viva sensibilidade. Por exemplo, compreender a alma de um restaurante, que muitas vezes não tem estrelas no Michelin, mas tem constelações na memória dos frequentadores. O Almirante que, entre outras coisas, tem em comum com Anonymus Gourmet a cautela diante das novidades, a princípio desconfiou da descoberta, mas sucumbiu aos chernes e garoupas fresquíssimos, em saborosas postas, de superfície quase crocante, marcada por listas escuras da grelha a carvão. E o que dizer das lulas recheadas com o inexcedível acompanhamento de um arroz amarelo?! Químicos da Universidade de Coimbra, embora se rendendo ao sabor, não conseguiram determinar em laboratório o que seria o segredo do arroz amarelo, idêntico ao tom de algumas telas de Van Gogh. De qualquer modo, o sabor do arroz e o casamento perfeito com as lulas recheadas leva – até o espírito mais extravagante – a acreditar em certas uniões estáveis.

Antes de capitular definitivamente diante da excelência do Sr. Eduardo e equipe, o Almirante fez-lhe uma perfídia. Digamos uma amável perfídia, em que usou Anonymus como instrumento: "Ô, Sr. Eduardo, vamos ver se a cozinha é boa mesmo. Traga uma picanha para este gaúcho saudoso do Pampa!". Quando chegou a picanha, Anonymus lamentou estar desarmado: não carregava sua fiel Leica compacta e não pode documentar a cena. Queria fotografar e mandar a imagem para o Nico Fagundes. A cada garfada daquela tenra posta de angus, ecoavam acordes do Canto Alegretense. Uma picanha legítima, feita na grelha, ao fogo alto, que deixava, ao mesmo tempo, marcas escuras do ferro na superfície e o "suco" intacto no interior. Depois da prova da picanha, o Almirante, enfim, se rendeu. O Sr. Eduardo é um veterano vitorioso na gastronomia lisboeta: já teve uma casa de sucesso no Bairro Alto, onde construiu seu prestígio. Mas, previdente, todos os dias está lá, no Sinal Verde, chegando cedo para inspecionar cada posta de peixe, o recheio de cada uma das lulas que serão servidas, o frescor das carnes, o pão novíssimo, os guardanapos e toalhas impecavelmente engomados... O Sr. Eduardo sabe que, a qualquer momento, a Rosarinho pode chegar para uma incerta: ela gosta de conferir suas afeições, para ver se tudo continua como sempre.

A área VIP do paraíso

Dizia Somerset Maugham, pela voz de um dos seus personagens, num texto escrito há um século: "Cheguei a uma idade em que o amor, a ambição e a riqueza se tornam insignificantes diante de um bife realmente bem grelhado".

Quando tem saudades de Lisboa, especialmente do magnífico outono português, Anonymus Gourmet imagina que a referência do grande escritor talvez pudesse ser ampliada. Tudo bem que o amor, a ambição e a riqueza se tornariam ainda mais insignificantes na beleza absurda de um outono que dá toques de eternidade à cidade, mas, em vez do bife, por que não uma garoupa bem grelhada?

O ideal é ter a companhia do Almirante Vasco Marques e procurar o Manoel Caçador. Não hesite em optar por um tinto da Bairrada, dos raros vinhos do mundo que não renunciaram ao caráter. Aceite as empadinhas apimentadas, os bolinhos de bacalhau e os carapaus pequeninos e bem fritinhos: são as preliminares da renúncia preconizada por Maugham. A seguir, chegarão, como uma anunciação, as postas da garoupa, fumegantes, espalhando seu aroma delicado pela sala, com as listras escuras da grelha incandescente...

Lisboa às vezes faz duvidar que, para o bem ou para o mal, chegamos ao século XXI: não há muita diferença, por exemplo, do Rossio do outono passado, comparando a praça espetacular com um cartão-postal do final do século XIX. Retire os fiacres do velho cartão-postal, esqueça os fraques, cartolas e saias rodadas, e terá a mesma paisagem do primeiro domingo deste outubro.

Também as garoupas grelhadas não foram corrompidas pelo tempo. Continuam tão honradas e tão saborosas como eram em 1872. Ou em 1972, ainda em pleno salazarismo (já então sem Salazar), na primeira vez que Anonymus Gourmet pisou na cidade que viu nascer Padre Antônio Vieira.

Tão saborosas são as garoupas grelhadas, sempre em caprichosas e generosas postas no Manoel Caçador, que o Almirante Vasco Marques confessou no outono passado:

"Prefiro esta garoupa a uma lagosta!"

Resta a dúvida invencível: será efeito do outono lisboeta, há séculos propício às navegações do espírito, ou é a esplêndida qualidade das garoupas?

De qualquer forma, o "bife bem grelhado" de Maugham parece um preço baixo em troca de amor, de ambição e de riqueza. Em vez do bife, havia moeda melhor: aquela garoupa bem grelhada, sim, tornava insignificantes o amor, a ambição e a riqueza. Depois da segunda garfada, Anonymus Gourmet bebeu um gole do honrado tinto das videiras da família Pato, e decidiu aceitar a troca sugerida por Maugham. Lembrando a bela imagem de uma jornalista espanhola que amava metáforas, Anonymus percebeu que estava na área VIP do paraíso.

Em um minuto se vive uma vida

Apesar de a internet ter substituído as caravelas, não foi inventado ainda o prodígio que fará Anonymus Gourmet, no final de uma manhã gelada, deixar sua trincheira, atravessar a rua e se ver na Praça Camões para um aperitivo preliminar a um copioso almoço lisboeta com o Almirante Vasco Marques, que tem comandado nossas expedições por Portugal, brilhando em terra firme com o mesmo destemor que enfrentou mares bravios. Entre tantas homenagens possíveis a esse homem brilhante e generoso, vale uma gratidão: foi ele que, anos atrás, apresentou Anonymus Gourmet ao Slow Food (comer devagar), hoje um grande movimento que cresce na Europa.

O Slow Food, nas palavras do Insigne Marinheiro, "quer que as pessoas comam, bebam e vivam devagar, saboreando os alimentos, curtindo seu preparo, no convívio com a família, com amigos, sem pressa e com qualidade. Ou seja, se contrapõe ao estilo de vida Fast-food que, mais do que comer rápido, é a infelicidade de viver rápido, passar pela vida com pressa". Ele próprio adota pessoalmente esse comportamento: começa seu dia com um calmo e lauto "pequeno almoço", o café da manhã dos portugueses, e não abre mão de um almoço demorado, acompanhado por uma garrafa de vinho tinto de boa safra, seguido por uma sesta reparadora.

– A surpresa – entusiasma-se o Almirante – é que o Slow Food está servindo de base para um movimento mais amplo chamado Slow Europa, uma nova atitude que questiona a pressa e a loucura gerada pela globalização, refutando o apelo à "quantidade do ter" em contraposição à qualidade de vida ou à "qualidade do ser".

Anonymus Gourmet ouvia esse discurso vibrante na Luminosa, em Lisboa, animado por uma travessa de tenros croquetes que chegavam à mesa escoltados por uma imponente garrafa de Evel Grande Escolha. O Almirante sorriu para o Evel, e continuou com a veemência de um profeta:

– Essa chamada "slow attitude", atitude sem pressa, significa viver bem a vida e trabalhar com mais qualidade e produtividade, com atenção aos detalhes, preocupando-se com a excelência. É uma forma de viver bem cada momento.

Libertando o poeta que carrega, o Almirante ilustrou seu ponto com a cena inesquecível do filme *Perfume de mulher*. O coronel cego, velho morcego que tudo percebe, vivido por Al Pacino, convida a jovem mulher para dançar. Ela, embora fascinada, vacila:

– Não posso, meu noivo vai chegar em minutos.

– Mas, em um minuto se vive uma vida – responde o coronel, enlevando-a a seguir num tango arrebatador.

Papos de anjo desafiadores

"A Infantaria em ação, para explorar o terreno!", disse o bravo português, quando se aproximavam da Rua de Entrecampos. O Almirante Vasco Marques, nos tempos de juventude, sempre teve a convicção de que dedicaria sua vida a Portugal, mas vacilava entre a Marinha e o Exército, onde a arma de Infantaria sempre o seduziu. O "terreno" a ser explorado era uma mesa de toalha branca e impecável, numa das discretas salas dos fundos do Poleiro. E o esmero militar do infante frustrado que deu lugar ao homem do mar inexcedível revelou-se essencial na escolha.

Graças ao Almirante, mais de uma vez, Anonymus Gourmet encontrou a felicidade em Lisboa, nas mesas do restaurante. O Poleiro, um lugar que combina o requinte com a simplicidade, harmonizando a autenticidade da boa comida portuguesa com a criatividade na apresentação dos pratos e no serviço. Não por acaso, em 2008 – quando Anonymus lá esteve pela primeira vez, com a humildade de "um noviço que esfrega as lajes do claustro" – era o restaurante favorito do embaixador de Portugal no Brasil, Seixas da Costa, um gourmet que, nos vagares da sua atuação diplomática, percorria as boas mesas do mundo, registrando suas descobertas no simpático blog "Ponto Come".

Anonymus percebeu que seria um jantar inesquecível quando soube que desde os anos 80 os irmãos Manoel e Aurélio Martins garantiam a honra do território nos mínimos detalhes. Aquela noite impressionante no Poleiro foi guarnecida por dois vinhos inatacáveis. O Alvarinho Soalheiro 2006 abriu os trabalhos, que requeriam um branco levemente frisante, servido quase gelado, para enfrentar o primeiro turno, em que afrontamos camarões médios delicadamente refogados em azeite extravirgem e alho, bolinhos de vitela e presunto, pastéis de bacalhau e peixinhos da horta. Para o segundo turno, tivemos a garantia de um tinto Consensual Gran Reserva 2004, que esteve à altura do imenso sacrifício que tivemos para derrotar uma travessa de saborosas pataniscas de bacalhau e robustas postas de garoupa grelhada, que mereceram fotos. A grelha do Poleiro, logo na entrada no restaurante, não deixava vestígios: a fumaça era engenhosamente desviada para longe e, para o salão, iam apenas os deliciosos grelhados.

Tivemos que recusar o borrego, apesar da insistência do Sr. Manoel. É que o fôlego já nos faltava. Foi quando aterrissou uma providencial garrafa de vinho do Porto, de safra quase tão antiga quanto o restaurante. Um copinho de Porto, como se sabe, tem insuperáveis propriedades digestivas. Mal imaginávamos que o Porto não ficaria a sós na tarefa de encerrar aquela refeição de sonho. Anonymus Gourmet interrompeu o segundo gole do vinho soberbo, diante da visão que acabava de ancorar na mesa. Surgiu – possivelmente dos céus, trazida talvez pelo Cavalo Celeste – uma grande bandeja repleta de imensos papos de anjo, generosas tigelas de leite-creme (a vitoriosa versão portuguesa do *crème-brulée* francês) e, como se não bastasse, vieram também verdadeiras postas de dois pudins cujas receitas estão depositadas em bancos suíços: pudim de abóbora com coco e pudim do Abade de Priscus. Anonymus Gourmet, depois do primeiro papo de anjo, teve o ímpeto irresistível de se ajoelhar para agradecer por aquela graça alcançada. Evitou a reverência porque tinha muito trabalho pela frente: três outros papos de anjo o aguardavam desafiadores.

A garoupa melhor que lagosta

Segunda visita ao Poleiro, um ano depois. O maior elogio que se pode fazer ao restaurante Poleiro, em Lisboa, é que continua o mesmo, isto é: excepcional. Um ano antes, Anonymus anotou em sua VCP (velha caderneta preta):

> O Poleiro, um lugar que combina o requinte com a simplicidade, harmonizando a autenticidade da boa comida portuguesa com a criatividade na apresentação dos pratos e no serviço. Não por acaso, é o restaurante favorito do embaixador de Portugal no Brasil, Seixas da Costa, um gourmet que, nos vagares da sua atuação diplomática, percorre as boas mesas do mundo e, na internet, comanda o simpático blog "Ponto Come".

Única retificação nessa segunda visita: o embaixador Seixas da Costa, então, representava Portugal na França e o seu blog agora percorria os restaurantes parisienses.

Na segunda visita ao Poleiro, Anonymus teve o privilégio da escolta do Almirante Vasco Marques e, também por isso, a excelente impressão anterior se ampliou. A competência dos irmãos Manuel e Aurélio Martins chegou ao requinte de recordar a mesa do ano anterior e a longa sucessão de pratos daquele jantar de sonho.

Dessa vez foi um almoço numa tarde luminosa da primavera lisboeta. Para a primeira parte do repasto, o Sr. Manoel escalou a solidez do extraordinário Muxagat, Douro, safra 2007, que entre outras honras, foi o branco escolhido pelo Almirante para a festa de casamento da filha, um dos eventos que marcaram Lisboa no início do novo milênio.

O Muxagat guarneceu com imponência o pelotão de largada: peixinhos da horta, camarões alho e óleo e ovos mexidos com farinheira. E foi além: revelou-se acompanhante animado da soberba garoupa que se seguiu.

Enquanto saboreava em silêncio a garoupa, o Almirante discretamente enxugou uma lágrima furtiva e murmurou:

"Meu Deus... É melhor que lagosta!".

Mas, a vitela barrusã ainda estava por vir.

Quando chegou, tornou-se inesquecível desde a primeira garfada. Como seria impossível convocar o Maestro Lopes e sua orquestra, a vitela fumegante foi escoltada por uma sinfonia engarrafada: o Ramos Pinto "Collection" safra 2005, tinto do Douro, outra obra-prima da linhagem Nicolau de Almeida.

Por fim, sob a proteção de um vinho do Porto à altura, veio o amável dever das sobremesas: barriga de freira, pudim de ovos, os papos de anjo desafiadores...

Ah! E o que dizer da musse de chocolate!?

Como se não bastasse, veio também o tradicional leite-creme: *crème-brulée* de saboroso sotaque lisboeta.

Depois do café, o Almirante ponderou: "Agora só resta a eternidade do paraíso celeste ou uma boa caminhada digestiva".

Anonymus, pretendendo voltar outras vezes àquele templo abençoado, prudentemente optou pela caminhada.

A longa vida dos sedentários

Houve um tempo em que se dizia: na Bahia há três ritmos de vida: devagar, muito devagar e Dorival Caymmi. Não deixa de ser a síntese simpática do jeito Caymmi de encarar a existência: sem estresse, num ritmo desacelerado. Ele viveu sem pressa e sua morte, aos 94 anos, foi uma espécie de confirmação que, para chegar longe, é indispensável não ter pressa.

O estilo Caymmi de viver traz a recordação do começo dos anos 60: a vida bucólica e sem aflições nos veraneios da então pequena Xangri-lá, ainda um imenso areal, nossa casa de dois pisos, toda em madeira, e nós, garotos em torno dos dez anos de idade, sem saber o que era pressa e compromisso. A imensa eletrola na sala, e um único long playing de capa colorida, "Canções Praieiras", do Caymmi, que tocou, tocou, tocou... um veraneio inteiro, até gastar a agulha e o disco. Meu irmão Ivan e eu, que ouvíamos o disco a cada vez como se fosse a primeira, para sempre saberemos de cor "É doce morrer no mar", "Saudades de Itapoã", "O Mar" e outros clássicos.

Ao recordar Caymmi certos críticos falavam de sua obra "concisa", numa amável referência à pouca produção do compositor. Como se compor uma dúzia de obras-primas fosse pouco. Caymmi se divertia em alimentar o mito de preguiçoso e repetia que levou doze anos para concluir uma canção. Quando o médico lhe mandou andar, para exercitar a circulação, passou a caminhar da sala para o quarto e vice-versa.

Caymmi, aos 93 anos, dizia ter uma espécie de bíblia. Um livrinho que descobriu numa livraria de Salvador em 1937, quando tinha 23 anos: *Conservai a Mocidade*, escrito pelo então conceituado médico Victor Pauchet, que trazia receitas simplórias, porém sábias, para preservar a saúde e evitar o estresse.

Algumas dicas do livro: "A boca é o único órgão digestivo sob o domínio da vontade; carne pouca, pouco chocolate, pouco chá, pouco café, pouco vinho; não merendes às 17 horas nem ceies à meia-noite".

E Caymmi levou a sério as lições de vida do pequeno livro:

"A repetição dos atos forma o hábito. O hábito forma o caráter. O caráter forma o destino".

O Almirante Vasco Marques (ele, sempre ele) sempre achou formidável a vida absolutamente sedentária e alegremente preguiçosa do grande compositor. Por isso digo que o Almirante que poderia repetir o verso de Walt Whitman: "Eu sou contraditório, sou imenso, existem multidões dentro de mim".

O Almirante, que é um gourmet, apreciador de bons vinhos, está sempre me aconselhando a comer pouco sal, a cuidar da saúde. No início deste novo ano, com entusiasmo escrevi a ele contando a boa-nova: voltei a caminhar no calçadão de Ipanema e a fazer exercícios. Mas, decepcionado diante da resposta do Almirante, estou cogitando seriamente em pendurar os tênis:

> Recebi o e-mail com a notícia da tua volta aos esportes. Cuidado! O esporte é um perigo e reduz os anos de vida.
> Dia desses tive agradável surpresa ao ver teu compatriota Chico Anysio no programa do Jô (que assistimos aqui em Lisboa pela GNT), dizendo com razão que o exercício físico é o primeiro passo para a morte.

Depois de chamar a atenção para o fato de que raramente se conhece um atleta que tenha chegado aos oitenta anos e citar personalidades longevas que nunca fizeram ginástica ou exercício, entre elas o jurista e jornalista Barbosa Lima Sobrinho, mas chegaram à idade centenária, o humorista arrematou com um exemplo da fauna:
– A tartaruga com toda aquela lerdeza, vive trezentos anos. Você conhece algum coelho que tenha vivido quinze anos?
Gostaria de contribuir com outro exemplo, o de Dorival Caymmi. O letrista, compositor e intérprete baiano é conhecido como o pai da preguiça – passa 4/5 (quatro quintos) do dia deitado numa rede, bebendo e comendo fartamente. Autêntico "marcha lenta", leva dez segundos para percorrer um espaço de três metros.
Pois, mesmo assim e sem jamais ter feito exercício físico, completou noventa anos no mês passado e nada indica que vá morrer tão cedo.
Dizes que estás caminhando uma hora e meia por dia. Pois é, se andar fizesse bem, carteiro durava duzentos anos, se nadar fosse bom, baleia não era gorda, e por aí vai...
Conclusão: esteira, caminhada, aeróbica, musculação, academia?
Sai dessa enquanto você ainda tem saúde, querido amigo!
E viva o sedentarismo ocioso!

Moral da história: Não fique chateado se você passar a vida inteira gordo. Você terá toda a eternidade pra ser só osso!!!

A dieta do padre

O caso do padre volta sempre, como uma espécie de maldição. Mas tem sua graça. Anonymus Gourmet ficou sabendo, quando contava as peripécias de uma viagem à Amazônia ao Almirante Vasco Marques – grande homem do mar que também navega seu talento e seu brilho em terra firme, pela política, pelo esporte, pela filosofia, pela gastronomia, construindo uma reflexão sagaz sobre a alma portuguesa.

O Almirante ficou espantado com os relatos sobre os alimentos afrodisíacos da Grande Floresta, especialmente com as notícias de maridos indiferentes que – depois de provarem do açaí e de outras frutas da mata inóspita – sobem pelas paredes, atormentam esposas resignadas e chegam até a cobiçar austeras vizinhas de porta.

"Só pode ser isso, então!" – disse o Almirante, interrompendo o relato de Anonymus, com a expressão de quem teve a Revelação – "O Padre Francisco deve ter buscado nas frutas da Amazônia a sua energia!"

O padre Francisco Costa foi um filho lendário da cidade medieval de Trancoso, situada na Beira Alta, que se orgulha de ser sua terra natal.

Em pleno século XV, o padre Francisco, segundo a expressão do Almirante Vasco, "flexibilizou o voto de castidade" e se tornou – sempre nas palavras do insigne marinheiro – o "maior progenitor português".

Na condição de pároco de Trancoso, o insaciável Francisco deu origem a 299 filhos concebidos em 53 mulheres.

Média aproximada de três filhos por mulher, o que revela que o padre, embora o evidente gosto pela variedade, tinha certa constância.

Essa infatigável capacidade reprodutora, resultado, segundo a hipótese do Almirante, de alimentação à base de frutas tropicais, levou o padre Francisco Costa ao tribunal: foi preso e condenado a ser arrastado pelas ruas, puxado por cavalos, até morrer.

Posteriormente, o seu corpo deveria "ser esquartejado e posto aos quartos, sendo que a cabeça e as mãos seriam depositadas em diferentes distritos".

No julgamento, o padre confessou que manteve relações sexuais com 29 afilhadas, de quem teve 97 filhas e 37 filhos. A isso se acrescentaram aventuras com cinco primas, de onde brotaram mais dezoito filhas.

Na lista acrescentavam-se nove comadres, com um resultado de seis filhos e dezoito filhas; sete amas que, do padre, tiveram 29 filhos e cinco filhas; duas escravas que deram à luz 28 crianças.

O Almirante, vacilando entre o horror e a fascinação, informa que "ele ainda gozou do leito de uma tia muito jovem, que lhe deu três filhas".

Antes de ser executado, entretanto, o padre teve uma amável surpresa: considerando que, na época, a região tinha poucos habitantes, o rei D. João II decidiu conceder-lhe não só o perdão real, como também um agradecimento:

"O padre Francisco Costa deu uma grande contribuição para o povoamento da Beira Alta".

Um reconhecimento merecido, convenhamos.

Repetir a sobremesa

Tormentosas paixões nas sombras da madrugada

Qual o item mais importante a considerar num restaurante: cozinha? serviço? ambiente? – perguntaram numa enquete, para Anonymus Gourmet, logo para ele, um radical da cautela, cuja prudência foi educada pela adversidade.

"Constância é a virtude que espero na hora do jantar" – respondeu Anonymus.

Essa resposta e as seguintes não foram por e-mail, mais sim escritas à mão em largas folhas de papel de linho, usando sua velha Parker 61, abastecida com tinta Preta Permanente, que, segundo a garantia do fabricante no rótulo, deixa seu traço indelével ("que não se dissipa; indestrutível") por 150 anos.

Reclamou dos restaurantes "que vivem em estado de insurreição permanente". Mudam os cozinheiros, mudam os garçons, mudam até os temperos: para frequentar esses lugares seria preciso, acima de tudo, amar a aventura. "Deixo o inesperado para depois das refeições. Na mesa, busco certezas" – resumiu.

Anonymus desconfia de certos restaurantes nunca dantes frequentados porque "se parecem a abismos sombrios e insondáveis, habitados por garçons de humor incerto e cozinheiros de talento duvidoso", onde pode acontecer de tudo. Inclusive, disse ele, "cenas assombrosas de monstros marinhos emergindo fumegantes do prato de sopa".

Mas, apesar desses perigos, Anonymus Gourmet, "entre o encantamento e a exasperação", anotou que existem "espíritos desbravadores que adoram as surpresas de mesas desconhecidas".

Seria aquela incontrolável curiosidade por novidades que, segundo ele, "leva alguns a espiar pelos buracos das fechaduras e a outros, como Cristóvão Colombo, a descobrir a América". Mas, anotou com desalento que, "hoje em dia, os segredos a serem espiados pelas fechaduras estão na internet".

Essa carência de emoções seria "má conselheira", instigando expedições na busca de novidades. "Emoção e adrenalina no prato do dia" – escreveu com ironia, em letra caprichada, o melhor aluno de caligrafia da Dona Lourdes.

"A ânsia indomável dos velhos navegadores convertida no desejo fremente de rins inescrutáveis, picadinhos sem biografia, molhos sabe-se lá do quê, feitos sabe-se lá quando..."

Então o sorriso maroto pareceu aparecer entre as frases: "...e também, quem sabe, damas inesperadas a espreitar de mesas vizinhas".

Já que o impulso em busca de novidades é irrefreável, Anonymus Gourmet sugeriu "uma regra de ouro" àqueles que ele chamou de "desbravadores gastronômicos": respeitar com rigor os horários dos restaurantes. Especialmente à noite. E concluiu seu escrito em tom severo:

"Chegar muito tarde é um desafio à má vontade dos garçons e ao esmero das cozinheiras. Eles e elas são pessoas que têm, depois do expediente, aflições como as de qualquer ser humano: desde um prosaico último ônibus que não espera, até tormentosas paixões nas sombras da madrugada."

Entrevista coletiva sobre salsichões

Como disse certa vez Ernest Hemingway, numa mesa de mogno na calçada de um bistrô do Boulevard Saint-Michel, "não cabe a um escritor organizar visitas guiadas às partes mais inóspitas de sua obra". O interlocutor, George Plimpton, sorriu e anotou em sua caderneta de couro preto. Plimpton lhe perguntara sobre "o sentido" de algumas passagens do inesquecível Robert Cohn, personagem de *O sol também se levanta*. Bebiam e comiam o de sempre: vinho tinto e sanduíches de pepino.

Depois, Hemingway se irritou novamente, quando o amigo quis saber sobre "o que andava escrevendo". Plimpton, escritor, repórter, cronista e editor de uma revista inigualável, a *Paris Review*, preparava uma de suas lendárias entrevistas, e anotou a contrariedade do entrevistado: "O tom das respostas, por vezes rabugento, também é o resultado desse sentimento profundo de que a escrita é uma ocupação privada e solitária, sem necessidade de testemunhas, até que o trabalho final esteja concluído".

Assar um churrasco – algo bem diferente de escrever livros – também é "uma ocupação privada e solitária, sem necessidade de testemunhas, até que o trabalho final esteja concluído". Anonymus Gourmet, que adora cultivar contrastes e paradoxos, compara esse constrangimento dos escritores percebido por Plimpton ao que ocorre com os assadores, uma casta muito especial dentro da gastronomia: há séculos eles se consideram num degrau muito acima dos cozinheiros. Essa suposta superioridade se deve a uma frase de Brillat Savarin, justamente o patrono de todos os cozinheiros: "Cozinheiro se faz. Assador se nasce". O meu irmão Ivan é um exemplo disso. Na infância e na adolescência tinha dificuldades em preparar um chocolate instantâneo com leite; no início da idade adulta teve de assar um churrasco certa vez, contra a vontade (os convidados já tinham devorado os aperitivos, e o assador oficial inesperadamente não apareceu). Ivan espetou a carne do jeito que dava e confirmou-se a profecia de Brillat Savarin, revelando-se a vocação adormecida: saiu um churrasco magnífico, início de um vitoriosa carreira de assador.

Churrasqueiros, da mesma forma que Hemingway e outros artistas, não gostam muito de dar explicações sobre suas obras.

Anonymus sempre percebe a silenciosa irritação (quase sempre protegida pela cortina de um sorriso) de assadores experientes, em animados churrascos, quando são obrigados a responderem polidamente às reflexões dos palpiteiros: Quem sabe você deixa o espeto de costela um pouco mais alto? Meu tio espeta o salsichão de forma um pouco diferente... O que você acha dos cortes temperados de cordeirinho mamão?

Por isso, o churrasco se tornou o prato nacional do Brasil, derrotando a feijoada. A feijoada é um trabalho reservado, nos limites de uma cozinha fechada: o cozinheiro não precisa explicar a sua obra.

O assador fica ali, dando entrevista coletiva sobre o ponto dos salsichões e o momento de virar o espeto da picanha, além de todo tipo de perguntas pessoais, do time de futebol favorito aos detalhes do seu último divórcio.

Voltando aos escritores, Anonymus lembra que Saul Bellow, também entrevistado pela *Paris Review*, reclamava que, diariamente, em entrevistas, palestras, no bar da esquina, na fila do banco, ou simplesmente apanhando sol num banco da praça, tinha "um número terrível de opiniões a formular: o que pensa disto, daquilo, do Vietnã, do planejamento urbano, das autoestradas, do tratamento do lixo, da democracia, de Platão, da pop art, do estado-previdência, da democracia nas sociedades de massa?".

Anonymus Gourmet acredita que os artistas – como é o caso de escritores e assadores – precisam de alguma paz para produzirem seus textos imortais ou seus assados magníficos. Usando uma frase do próprio Saul Bellow: "Aos artistas tem que ser garantido um espaço de quietude no meio do caos".

Um empurrão do alto da escada

Um jantar memorável, anos atrás, num elegante restaurante veneziano. Havia toalhas de linho, cristais deslumbrantes, champagne Krug, uma travessa fumegante de spaghetti e duas damas com aquele charme das mulheres que não escondem a idade.

Uma delas, americana que mora em Veneza, escritora com milhões de livros vendidos nos Estados Unidos, Alemanha, Inglaterra, Espanha: Donna Leon, autora das histórias policiais do comissário Guido Brunetti, um italiano simpático que adora vinhos, boa mesa e História da Grécia antiga, casado com uma professora de literatura inglesa.

A outra dama... seria Ruth Rendell ou Barbara Vine? Ou as duas? Ruth um talento literário na melhor tradição do suspense britânico, tem como tema as aventuras de um inglês comum, Wexford, inspetor-chefe de uma pequena cidade do interior da Inglaterra. Ao escrever livros mais complexos, Ruth transforma-se em Barbara Vine, com a missão de criar histórias (sempre de mistério) mais intelectualizadas, de menor tiragem, com dramas pessoais, milionários em depressão, intelectuais adúlteros... Para surpresa do editor, Barbara Vine vende tão bem quanto Ruth Rendell.

Naquela tarde de Veneza, Donna Leon e Ruth/Barbara, enquanto desfrutavam a comida, resolveram pregar uma peça no garçom, daqueles que ficam perto demais da mesa, que sufocam os clientes, como se fossem sentinelas.

"Adoro um bom empurrão do alto da escada... Mas tenho gosto por um estrangulamento", – começou Ruth/Barbara, enquanto o garçom quase derramava o vinho fora do cálice.

"Deve ser bom, mas é preciso chegar muito perto. Talvez atacando por trás... Ainda vou matar alguém assim!"

O diálogo fez o jovem *camariere* arregalar os olhos.

"O que tens usado ultimamente?"

"Na semana passada, quebrei o crânio de um homem com um tijolo. Que tal está o spaghetti?" – quis saber Donna.

"Talvez um pouco de alho a mais no molho, mas ficou saboroso. Por falar em saboroso, esta semana ia apunhalar uma mulher, mas acabei me decidindo pelo garrote."

"Humm... De fato, este macarrão está divino... Eu sempre quis usar o garrote" – entusiasmou-se Donna. – "Uma vez usei uma echarpe de seda. A vítima fica esperneando em desespero. O efeito é igual ao garrote, não é?"

"E a echarpe dá um toque fashion" – disse Barbara, virando-se para pedir mais queijo ralado, mas não havia ninguém por perto.

"Ué... Por que será que o garçom sumiu?"

É preciso caráter
para repetir a sobremesa

Muitas pessoas de esquerda afirmam que uma característica típica das pessoas de direita é sustentar que "esquerda e direita acabaram". Mas esses que defendem o "fim da esquerda e da direita" nunca se consideram de direita, embora denunciem em certas atitudes alheias o "ranço esquerdista".

O certo é que, pelo menos em matéria de gastronomia, esquerda e direita estão muito vivas e fortes. E mais: as celebrações da gula e dos prazeres demorados da boa mesa têm inimigos jurados à esquerda e à direita. À esquerda, nessa classificação gastropolítica, estão os amantes do fast-food ou daqueles objetos cozidos não identificados que chegam à mesa cheios de pretensão e cobertos por uma espessa manta de molho branco e queijo ralado, capaz de sepultar sua sensaboria, para usar a bela expressão de Ramalho Ortigão. São os comilões sem critério, onívoros, que devoram ou "traçam" o que vier – bastante e rápido, de preferência – e se orgulham de proclamar que "têm pouco tempo para comer". Estacionam numa mesa, ou num balcão, como um carro que para num posto de gasolina para encher o tanque.

Na extrema-direita, estão os magros profissionais, os quais se dedicam ao novo ofício surgido no final do século passado e que tem cada vez mais adeptos: malhação e suplícios olímpicos em horário integral, para manter a silhueta delgada a qualquer custo. Considerar "profissionais" esses operários da boa forma, na verdade, é um ato de justiça. O programa deles não é para amadores: horas e horas de corridas que não vão a parte alguma, musculação, aeróbica, lipoaspiração, cirurgias plásticas, massagens, saunas etc., além de restrições monásticas a qualquer excesso de comida ou bebida. Por certo que um sacerdócio medieval não exigiria provações e privações tão dolorosas. É um sombrio mundo diet, onde academias de ginástica substituem campos de concentração e, no qual, os quilos a mais significam virtudes a menos. O ponteiro da balança, com sua ponta acusadora, substituiu os inquisidores medievais e os sacerdotes esquálidos que brandiam seus braços descarnados, ameaçando com o fogo dos infernos a quem sucumbisse à gula e excedesse sua porção de pão escuro e sopa rala. A fúria dos sacerdotes tem sua reencarnação contemporânea na filosofia aeróbica das divindades do mundo diet. Os livros de malhação, os manuais de emagrecimento rápido e as enciclopédias de receitas sem calorias conquistaram estatura bíblica.

Uma mesa com toalha digna, onde desfilam milagres de forno e fogão, passa a ser uma provocação à ordem vigente. Anonymus Gourmet não esconde o desalento: "É uma era de trevas em que é preciso muito caráter para repetir a sobremesa".

Gerente de bordel:
não há emprego melhor

No encerramento da Cookbook Fair, a Feira Mundial do Livro de Gastronomia, em Paris, anos atrás, Anonymus Gourmet teve a alegria de admirar e saborear o magnífico trabalho de uma artista verdadeira: a quituteira Rita Félix Pereira, que serviu, no estande brasileiro, salgadinhos espetaculares e muito típicos – coxinhas de galinha, bolinhos de bacalhau, empadinhas de palmito e o clássico pão de queijo.

Brasileiros residentes em Paris ficaram surpresos pela qualidade e pela autenticidade:

"Aqui na Europa, eles tentam imitar os quitutes brasileiros, mas fica sempre uma porcaria. Quem fez estas maravilhas?" – queria saber uma fotógrafa brasileira, servindo-se de uma dose generosa.

Rita Félix Pereira, uma brasileira humilde, com empenho e determinação, lutando contra todas as dificuldades, começava a ficar famosa em Paris, com a excelência de seus salgadinhos.

Enquanto saboreava as delícias da Rita, Anonymus Gourmet, numa boa poltrona, lia o depoimento de outro artista que também conseguiu tornar conhecidas suas obras com grandes dificuldades – William Faulkner – que aceitou contar a *Paris Review*, nos anos 50, o quanto lhe custava a elaboração de seus quitutes, ou melhor, de seus livros:

A única responsabilidade do escritor é para com a sua arte. Será absolutamente impiedoso se for dos bons. Ele tem um sonho. Angustia-o de tal forma que tem de se ver livre dele. Enquanto isso não acontece, não se sente em paz. Abre mão de tudo: honra, orgulho, decência, segurança, felicidade, tudo, para conseguir escrever o livro. Se um escritor tiver de roubar a própria mãe, não hesitará; o poema de John Keats 'Ode on a Grecian Urn' vale quantas velhinhas for preciso. A arte também não se preocupa com o ambiente circundante; não lhe interessa onde está. No meu caso, o melhor emprego que já me ofereceram foi o de gerente de um bordel. É o ambiente perfeito para um artista poder trabalhar. Dá-lhe a liberdade econômica ideal; liberta-o do medo e da fome; ele tem um teto sobre a cabeça e nada para fazer exceto manter em dia uma contabilidade simples e ir uma vez por mês fazer o pagamento à polícia. O lugar é tranquilo durante a manhã, que é a melhor hora para trabalhar. Há bastante vida social ao fim do dia, se ele quiser participar nela, o que lhe permite não se aborrecer; dá-lhe um certo estatuto social. Todos os habitantes da casa são mulheres e tratam-no com deferência, chamando-lhe "senhor". Todos os contrabandistas do bairro lhe chamam "senhor". Por experiência própria percebi que aquilo de que preciso para o meu ofício é papel, tabaco, comida e um pouco de uísque.

O cozinheiro confessou que usou cebola

Meu pai tinha horror de cebola, não podia ouvir falar na palavra maldita. Na carteira, tinha sempre uma crônica de Rubem Braga com um manifesto contra a cebola. Num restaurante, quando pedia o seu filé, recomendava ao garçom perplexo que avisasse o cozinheiro que não poderia cortar o bife com faca que houvesse cortado cebola. Ora, ninguém poderia reconhecer uma faca que cortou cebola... E na primeira garfada do filé, o pai se levantava: "Vou falar com o cozinheiro!". Ficávamos paralisados na mesa, mas em minutos ele voltava vitorioso:

"O cozinheiro vai fazer outro bife. Ele confessou que cortou a carne com a mesma faca que cortou cebola..." Como se tivesse confessado um delito.

A restrição à cebola, como todas as crenças e devoções, tem os radicais e também aqueles que aceitam negociar com o inimigos. Zé Abu-Jamra, que já foi apontado como o maior churrasqueiro da América Latina, faz parte da facção radical: dona Emilia, sua mãe, chegava ao prodígio de fazer o seu excelente quibe sem cebola. Outro churrasqueiro de prestígio internacional, Paulo Lima, aceita ser enganado com uma cebola bem batida no liquidificador.

Presidente do Esporte Clube Cruzeiro de Porto Alegre, meu pai, nos anos 50 comandou a famosa excursão pioneira do time à Europa (um dos primeiros clubes brasileiros a excursionar pelo velho continente), uma viagem de meses, ida e volta de navio. Nesse período, minha mãe aproveitou para temperar a comida com muita cebola e alho. Mas esqueceu do nariz e do paladar apuradíssimo do marido. Na volta, meu pai farejou a cozinha e não teve dúvidas: comprou uma jogo completo de panelas novas, e jogou no lixo as panelas "contaminadas" pela cebola. Minha mãe adaptou-se a essa dramática restrição e conseguiu durante décadas o prodígio de produzir diariamente uma mesa farta e saborosa sem cebola. Embora tenha sido durante toda a vida um militante da liberdade e da livre expressão, não sei não o que o pai faria, por exemplo, diante do *Reino das cebolas*, o livro de Cíntia Moscovich, com sua capa em que brilham duas enormes dessas hortaliças – de raiz redonda que constam de várias capas, cascos ou túnicas que se cobrem umas às outras, como informa o substancioso *Diccionario da lingua portugueza*, de Antonio Morais Silva, 4ª edição, de 1831.

Certa vez, num daqueles debates infrutíferos sobre gostos pessoais, alguém quis saber: "Mas, afinal, me dê um único motivo para detestar a cebola". A resposta do pai foi rápida: "Além do sabor intragável, como posso gostar de um alimento que faz chorar?" E completou fuzilando com a frase prosaica de Charles Chaplin: "Quem te merece não te faz chorar".

Uma aura de sensualidade invade a casa

Anonymus Gourmet não cansa de voltar aos lugares em que foi feliz ou que foi infeliz, atento ao poema inesquecível de Paulo Mendes Campos. Esses lugares, muitas vezes, estão nas páginas de um livro ou nas cenas de um filme. *O Leopardo (Il Gattopardo)* é um daqueles casos raros em que o cinema não traiu a literatura.

O filme honra a leitura: o livro maravilhoso de Giuseppe Tomasi di Lampedusa foi transformado num filme soberbo por Visconti. Mas, certas cenas, Anonymus ainda prefere "ver" no livro: a imaginação pode fazê-las mais grandiosas do que na tela.

Os jantares, por exemplo. Mais de uma vez, no *Gattopardo*, soam as sinetas chamando para o jantar, e imagino mesas postas com esmero, magníficas travessas fumegantes carregadas por empregados uniformizados, gelatinas em forma de torre, garrafas esplêndidas, comensais discretos disfarçando sua gula voraz com expressões inapetentes, respeitosamente esperando pelo Príncipe, em pé, atrás das cadeiras.

As refeições no palácio do Príncipe de Salina são solenes e rituais como um culto, a comida é abundante e refinada.

Na noite em que Angélica surge no romance, a sensualidade se mistura com os sabores do jantar:

"A porta se abriu e entrou Angélica. A primeira impressão foi de deslumbrada surpresa. Os Salina perderam a respiração; Tancredi chegou a sentir como se lhe pulsassem as veias das têmporas. Ela era alta e benfeita, sua carne devia possuir o sabor da nata fresca, a boca infantil teria o sabor de morangos..."

Reconheça-se que Visconti recriou essa cena no cinema com mágica delicadeza. Angélica (Claudia Cardinale, no esplendor dos 25 anos) vive um jogo sutil de cativante sedução com o Príncipe (Burt Lancaster) e Tancredi (Alain Delon) num jantar que é a primeira refeição da família na casa de veraneio de Donnafugata.

Tancredi, "que sorria transtornado", só tinha olhos para Angelica, aquela mulher luminosa que ofuscava a tudo o mais com sua beleza.

O cardápio do jantar foi *timballi di maccheroni*, monumentais pastelões recheados com macarrão e molho. A fragrância de açúcar e de canela se libertava do interior quando a faca esquartejava a crosta:

"Irrompia primeiramente um vapor carregado de aromas, escorregavam depois os miúdos de galinha, os fragmentos de ovo duro, os filetes de presunto, de frango e de trufas que se misturavam na massa untuosa, quentíssima de macarrão curto, a que o caldo de carne dava uma preciosa cor de camurça."

A muito custo esperaram pela bênção do Vigário que, até ele, parecia enfeitiçado.

O Príncipe, "absorto na contemplação de Angelica", não deixou de observar que, para os convivas, "a comida parecia a eles tão suculenta porque uma aura de sensualidade tinha penetrado na casa".

Um pequeno herói brasileiro

Uma biblioteca é uma caverna mágica, cheia de defuntos. E esses defuntos podem renascer, podem ser devolvidos à vida, quando abrimos suas páginas – escreveu Emerson, sempre citado por Borges, que adorava essa comparação.

Um desses defuntos renasceu em minha biblioteca na semana passada: o poema "Carta a Stalingrado", de Carlos Drummond de Andrade, escrito no momento crucial da Segunda Guerra, quando o avanço do exército nazista parecia irresistível mas, de repente, parou na resistência da cidade russa de Stalingrado: "Saber que resistes, dá um enorme alento à alma desesperada e ao coração que duvida".

Tirei esses versos do esquecimento da prateleira por causa de um jovem herói brasileiro que ganhou espaço no noticiário da semana passada: um bebê jogado pela mãe, de uma altura de quatro metros, num córrego de esgoto, logo depois de nascer, ainda com o cordão umbilical. Seu primeiro contato com a vida foi a iminência da morte e, como Stalingrado, resistiu com vigor. Incrivelmente, segurava um galho de árvore quando foi resgatado.

Enquanto o Jornal Nacional divulgava a notícia patética, a voz de Drummond ecoava nas páginas abertas do livro: "Uma criatura que não quer morrer e combate; contra o céu, a água, a criatura combate; contra o frio, a fome, a noite, contra a morte a criatura combate, e vence".

A grandeza da condição humana tem dessas. Uma criança é capaz de resistir com a bravura de uma cidade em guerra:

"Provavelmente quando foi arrastado, ele ficou preso e conseguiu botar a mão, segurando o galho. A mãozinha segurava com força. Uma imagem que eu nunca vou esquecer. Na correnteza do valão, a pequena cabeça dele submergia debaixo d'água e emergia. Quando saía d'água, ele chorava", contou o policial militar Leandro Rocha.

A determinação com que se segurou no galho e o instinto de chorar quando sua cabeça emergia na correnteza alertaram as pessoas, entre elas o pedreiro Luiz Carlos Militão que, num gesto à altura do pequeno herói que se debatia contra a morte, mergulhou nas águas para resgatá-lo. Logo chamaram o bebê de Moisés, "aquele que é salvo das águas". No hospital, constatou-se uma infecção e, quando eu escrevia este texto, havia confiança na recuperação.

Nas páginas de *O ato e o fato*, livro de Carlos Heitor Cony que fala de resistência e luta pela liberdade, brilha a magnífica imagem de um náufrago perdido nas ondas, em meio à noite negra, alegoria perfeita do drama do pequeno Moisés: "Olhando os horizontes que o cercam, o náufrago não saberá de que lado surgirá a luz. Mas espera. Sabe que a aurora, saída das águas, de repente ameaçará uma cor de dia. Essa espera justifica a sua luta e a sua sobrevivência".

O nosso pequeno náufrago em sua espera, aos prantos, agarrado a um galho, é uma lição de vida: é preciso ter abertos os olhos e a intenção de sobreviver, lembrando outro defunto de minha caverna mágica.

Ho Chi Minh
e o glamour do vinho falso

A mesma tática de Ho Chi Minh na Guerra do Vietnã manteve vivo o debate sobre uma garrafa de vinho alegadamente com mais de duzentos anos.

"Tanques na rua, mas embaixadores na mesa!" – frase clássica do presidente Ho Chi Minh, no auge da Guerra do Vietnã, foi a síntese de uma estratégia paciente e vitoriosa, quando o conflito parecia sem saída. A frase também vale para variadas batalhas da vida: brigas domésticas, discussões com o chefe, fofocas parlamentares, divergências definitivas com o amor da sua vida.

Em qualquer um desses impasses do dia a dia, a porta entreaberta dos "embaixadores na mesa" vai retirar um pouco da veemência terminal daqueles tanques que você quer lançar ao ataque. Ho Chi Minh fez a frase num cenário de violência irreconciliável: aviões B-52 norte-americanos varriam o território vietnamita com bombas de napalm que não poupavam hospitais, florestas e vilarejos, enquanto pacifistas denunciavam a violência do governo nas principais cidades dos EUA.

Foi a oportunidade de outra frase de Ho: "Os americanos vão perder a guerra nas calçadas de Nova York".

As forças do Vietnã do Norte e os vietcongues se defendiam com a irresistível Ofensiva do Tet, espantosa combinação de guerrilha, cargas de tanques chineses e soviéticos e assaltos noturnos às bases norte-americanas de silenciosos guerrilheiros armados apenas de afiados punhais.

Enquanto isso, os diplomatas conversavam.

Anonymus Gourmet acredita que essa contradição dialética entre o rigor e a doçura, da frase de Ho, pode ajudar na leitura de um livro delicioso lançado no final de 2008 no Brasil: *O vinho mais caro da história*, do inglês Benjamin Wallace.

A história começa num leilão da Christie's de Londres, com uma garrafa de vinho Lafite, safra de 1787, que teria pertencido a Thomas Jefferson. A garrafa acaba arrematada por 156 mil dólares, apesar de todos os indícios veementes de que se tratava de uma fraude.

O livro conta a história da polêmica que se arrastou por vinte anos, envolvendo figuras respeitabilíssimas do mundo do vinho, endinheirados vaidosos, colecionadores inatacáveis, a Fundação que cuida da história e da memória de Jefferson e, é claro, vigaristas com poucos escrúpulos e muito estilo.

Tudo levava a crer que a garrafa era falsa, mas o barulho em torno do leilão milionário fizera os preços dos vinhos de alto padrão subirem a níveis inacreditáveis.

Os produtores por certo não poderiam compactuar com uma fraude que mancharia todo o setor; mas como desprezar o glamour e o marketing de uma garrafa de 156 mil dólares?

Usaram com raro oportunismo o legado de Ho Chi Minh: pela imprensa, bombardearam condenações veementes (e cuidadosamente genéricas) "às fraudes em geral", enfatizadas com exigências de "absoluto rigor" em provas e contraprovas intermináveis e inconclusivas, em relação ao vinho "supostamente" falsificado – enquanto embaixadores defendiam o "inalienável direito à presunção de inocência".

O livro percorre esse fio de navalha com saborosa ironia.

Morando na camisa

O iPad na banheira

Bill Gates garante que não vai morrer sem realizar um sonho – acabar com o papel e com o anacronismo dos livros:

"As telas dos computadores estão em condições de substituir com êxito os jornais e os livros de papel."

De certa forma, *A cultura do romance*, em cinco volumes de mais de mil páginas cada, na primeira década do século XXI foi uma resposta à provocação. Um dos 178 autores dessa obra monumental, Mario Vargas Llosa, respondeu a Gates que os meios audiovisuais – incluindo os livros em tela de computador, a TV e o cinema – não substituem a literatura impressa na formação da linguagem e das convicções: "A boa literatura torna os seres humanos mais aptos para a infelicidade. Viver insatisfeito, em luta contra a existência, significa empenhar-se, bater-se contra os moinhos de vento, como Dom Quixote. Sem a insatisfação e a revolta contra a mediocridade e a sordidez da vida, nós, seres humanos, ainda viveríamos em condições primitivas, a ciência e a tecnologia não se teriam desenvolvido, os direitos humanos não teriam sido reconhecidos, porque tudo isso nasceu de atos de insubmissão contra uma vida insuficiente e intolerável".

Esse debate vem de longe.

Nos anos 70 os ratos de biblioteca ficaram em pânico com a grande repercussão das profecias de Marshall McLuhan, então autor da moda, que anunciava a morte do livro diante das novas tecnologias eletrônicas.

A primeira constatação prática é que o "objeto livro" sobreviveu ao próprio McLuhan (falecido em 1980) e, no século XXI, o livro na sua forma tradicional revela uma saúde inesperada. Na virada do século, um levantamento da *Folha de S. Paulo* indicava que, desde a invenção da TV, por exemplo, enquanto a população mundial aumentava 1,8% ao ano, a produção livresca avançava na velocidade de 2,8%.

No período quatrocentista de Gutenberg, lançavam-se cem obras por ano. Em 1952, já com o advento da TV, a soma girava em torno de 250 mil lançamentos. Em 2000, o total foi de um milhão de títulos: a média impressionante de um livro publicado a cada trinta segundos.

Por causa desses fatos, Umberto Eco, escritor que vendeu milhões de exemplares do seu super best-seller *O nome da rosa*, demonstra estranhamento e desconforto com o debate: "A opinião pública (ou pelo menos os jornalistas) tem sempre essa ideia fixa de que o livro vai desaparecer (ou então são esses jornalistas que acham que seus leitores têm essa ideia fixa) e cada um formula incansavelmente a mesma indagação". A propósito, junto com o cineasta Jean-Claude Carrière, Eco é autor de um sucesso editorial de título desafiador: *Não contem com o fim do livro*, texto de um diálogo que atravessa cinco mil anos de história do livro, do papiro ao arquivo eletrônico.

Nesse livro, Eco chega ao extremo de garantir que, ao contrário de tudo que se diz há décadas, os meios eletrônicos nunca ameaçaram, mas, isto sim, salvaram o livro: "Com a internet, voltamos à era alfabética. Se um dia acreditamos ter entrado na civilização das imagens, eis que o computador nos reintroduz na galáxia de Gutenberg, e doravante todo mundo vê-se obrigado a ler. Para ler, é preciso um suporte. Esse suporte não pode ser apenas o computador. Passe duas horas lendo um romance em seu computador, e seus olhos viram bolas de tênis".

Entre os receios que os livros digitais despertam está o fim da satisfação de folhear um volume, sentir o aroma e o tato delicado do papel – encantamentos substituídos pela luz fria e esbranquiçada do computador.

Para os entusiastas dos e-books, essa acusação, de acabar com o prazer físico da leitura, fica entre o ridículo e o saudosismo poético.

Mas há outras objeções bem concretas à vanguarda tecnológica da leitura, a começar por uma restrição do ponto de vista gastronômico.

Por certo todos já ouvimos falar de leitores vorazes, categoria de que Anonymus Gourmet se orgulha em pertencer. Mas não são poucos os leitores que levam a voracidade a extremos. O grande livreiro A.S.W. Rosenbach denunciou que muitos exemplares das primeiras edições de *Alice no País das Maravilhas* foram comidos pelos leitores. E um importante editor do *Wall Street Journal* é conhecido por rasgar páginas do dicionário da redação: transforma-as em bolinhas e come-as, como se fossem canapés, durante o trabalho. As revelações constam do livro saboroso (no sentido de prazer da leitura) de Anne Fadiman, *Ex-libris – confissões de uma leitora comum*. Apesar desses precedentes encorajadores, Anonymus Gourmet não comeu *Ex-libris* depois de ler: decidiu emprestá-lo a uma leitora amiga que devora livros apenas no sentido figurado, mastigando-os com seus olhos azuis.

Guillermo Arriaga, diretor de cinema (*Burning Plain*) e roteirista (*21 gramas, Babel, Amores brutos*), afirma que o livro de papel é imbatível, e não vai morrer, por um motivo singelo: é mais prático.

"Existe algo mais perfeito que isso?" – pergunta Arriaga, sacudindo um livro com a mão. "Posso abri-lo, fechá-lo, amassar suas páginas, dobrar, segurar debaixo do braço, virar, largar, pegar... Não vejo problema nos livros eletrônicos, mas não se pode manipulá-los, o que é grande parte da diversão. O livro de papel é perfeito – e o livro eletrônico morre assim que acaba a bateria."

Eco entusiasma-se dizendo que as variações não alteraram o "objeto livro" em mais de quinhentos anos:

"O livro venceu seus desafios e não vemos como, para o mesmo uso, poderíamos fazer algo melhor que o próprio livro. O livro é como a colher, o martelo, a roda ou a tesoura. Uma vez inventados, não podem ser aprimorados. Você não pode fazer uma colher melhor do que uma colher."

E se alguém sugere que o iPad tem toda a praticidade de um livro – a começar pela forma semelhante, podendo ser utilizado comodamente para leitura numa poltrona, ou deitado na cama – Eco permanecerá irredutível: por certo vai considerar um pouco arriscado ler um iPad na banheira.

Muitos anos antes, Millôr Fernandes, o gênio premonitório, antecipou-se ao debate com ironia soberba:

"Anuncia-se um revolucionário conceito de tecnologia de informação, chamado de Local de Informações Variadas, Reutilizáveis e Ordenadas – L.I.V.R.O. Não tem fios, circuitos elétricos, pilhas. Não necessita ser conectado a nada, nem ligado. É tão fácil de usar que até uma criança pode operá-lo. Basta abri-lo!"

A indigesta mistura de deveres e prazeres

Anonymus Gourmet aprendeu com um funcionário humilde de uma agência de notícias a lição essencial: um belo jantar não pode ser reduzido a uma obrigação tediosa. Foi na distante Paris dos anos 70 – uma cidade de sonho que não adivinhava os pesadelos do presente incerto de desemprego, moeda instável, restaurantes comuns, bares execráveis e turismo predatório.

Naqueles anos luminosos, Paris cultivava as lembranças de Hemingway, Fitzgerald e Gertrude Stein, que Woody Allen cristalizou em seu filme. Os rastros da "geração perdida" eram facilmente encontráveis em cada esquina. Madame Sauvage estava lá, no hotel, indicando ao jovem jornalista curioso o quarto em que Salinger rabiscara o primeiro capítulo do seu livro.

Nessa atmosfera, o velho encarregado do telex da France Press, no bistrô da esquina da Place de la Bourse, advertiu Anonymus, apontando para o croque-monsieur fumegante e para o cálice de beaujolais: "Desfrute da sua comida e do vinho. Com calma. Depois do calvados, tratamos do trabalho". Desde sempre, em Paris – ou pelo menos numa Paris mítica da memória de Anonymus Gourmet – "jantar de negócios" é algo próximo à pornografia: os transgressores buscam a clandestinidade. Primeiro, janta-se. E, só depois, vem a crônica dos negócios, aspirações e deveres. A mistura de deveres e prazeres é sempre indigesta – e às vezes ruinosa.

Prazer nada tem a ver com dever. O prazer da leitura, por exemplo. Não há compromisso, nem ansiedade, na companhia de um bom livro, no silêncio da noite, ou na solidão de uma viagem. Anonymus Gourmet sempre desconfiou das campanhas para estimular o insólito "hábito da leitura". Hábito, garante o Aulete, é um ato que se repete rotineiramente, como escovar os dentes, tomar banho, dormir ou comer em determinadas horas.

A leitura não se inclui nesse rol de atos mecânicos, às vezes tediosos, que dispensam a atenção, a emoção e, sobretudo, o prazer.

Montaigne, lembrado por Borges, considerava falso o conceito de leitura obrigatória. Quando encontrava uma passagem difícil num livro, Montaigne deixava-o de lado, afirmando: "não faço nada sem alegria". Os momentos reservados à leitura têm mais a ver com as ilhas verdejantes da imaginação, de Lord Byron.

Borges dizia que um autor como Joyce "essencialmente fracassou", porque sua obra exige esforço do leitor: um livro não deve exigir esforço, a felicidade não deve exigir esforço. O poeta Geir Campos esperava dos leitores e ouvintes de seus versos, mais do que atenção, mas uma espécie de adesão apaixonada:

"Canto apenas quando dança, nos olhos dos que me ouvem, a esperança."

Livre-arbítrio de forno e fogão

Entre os encantos das festas de fim de ano, há uma espécie de anistia ampla, geral e irrestrita aos pequenos excessos e exageros gastronômicos. Anonymus Gourmet vê com tolerância e bom humor o que chama de "saudável permissividade gastronômica de dezembro": o chope extra, a garrafa de vinho em excesso, a carne gorda, os morangos com dupla nata – tudo sem culpa.

Nesse clima liberal, Anonymus permite-se até teorizar:

"Na onda da comida saudável, repete-se que, para viver mais e melhor, é preciso uma dieta espartana baseada em frutas, vegetais em geral e peixes. A carne deveria, segundo os conselhos da moda, ser consumida com reservas, em poucas quantidades e em dias alternados. Entretanto, uma Comissão do Congresso norte-americano apurou numa pesquisa que oito em cada dez casos de intoxicação alimentar não são derivados da carne, mas sim de frutas, vegetais em geral, peixes e frutos do mar" – afirma Anonymus, sem enrubescer, deliciando-se com o champanhe matinal que gosta de brindar as manhãs de dezembro.

Em dezembro, diz ele, é possível consumir, sem paranoia, tudo o que traz prazer.

Somente em dezembro?

"Na verdade, certa liberalidade poderia nos acompanhar o ano inteiro" – avança Anonymus.

Ele acredita que hoje em dia, a pretexto de cuidar da saúde, muita gente "transformou o ato de comer num ato religioso". E lança uma palavra de ordem:

"Precisamos evitar o fundamentalismo alimentar!"

Anonymus Gourmet, que se considera um radical da cautela, acredita numa modalidade de livre-arbítrio de forno e fogão, uma receita de bom-senso, em que é possível comer aquilo que se tem vontade – com moderação. Mas adverte: "A própria moderação deve ser encarada de forma moderada. Nada de moderação radical. Vamos manter distância daqueles moderados extremados!".

Um exemplo dessa saudável e desejável "moderação relativa" foi o sogro do grande Almirante Vasco Marques, grande figura humana, que faleceu com mais de noventa anos e boa saúde. Homem de avançada idade e de grande sabedoria, cruzou muitas décadas com uma notável dieta baseada em dois ingredientes essenciais: a sopa e o vinho. No almoço e no jantar, sempre fartos e muito descansados, o ilustre sogro não prescindiu jamais de um prato de sopa, como abertura, e de uma garrafa de vinho como inseparável complemento. Anote-se e sublinhe-se: uma garrafa de vinho no almoço, e outra no jantar. Afora a sopa costumeira e os encantos variados da culinária lusitana: porquinhos da Bairrada, linguiças e chouriços sortidos, bacalhaus exuberantes, galinhas de cabidela...

O que hoje chamamos de assédio sexual

Por mais difícil que seja traduzir os italianos, vale a pena fazê-lo, escreveu Italo Calvino, "porque vivemos com o máximo de alegria possível o desespero universal".

Mais de um século antes, Stendhal dava razão a Calvino e escrevia em 1817:

– Para eles, italianos, a nossa maravilhosa arte de manter distância das pessoas e incutir respeito aos outros não passa de um grande tédio.

Stendhal anotou que a regra italiana de convivência, à base da familiaridade e do calor humano, "ganha vigor diante das mulheres". O que hoje chamamos de assédio sexual já chamava a atenção de viajantes ilustres na Itália, desde o século XIX. Qual é a fronteira entre o galanteio e a impertinência? – perguntava D.H. Lawrence, que viajou longamente de trem pelo interior da Itália, escandalizado com esse traço do caráter nacional:

– A forma lasciva com que os homens olham para as mulheres bonitas é impressionante – registrou Lawrence no seu livro *Twilight in Italy*. – Cada um deles pensa que é Adonis, e todos agem como se fossem Don Juan. É extraordinário!

No filme *Il Sorpasso*, de Dino Risi, Roberto (Jean-Louis Trintignant), um tímido estudante de Direito em Roma, conhece Bruno (Vittorio Gassman), um quarentão exuberante, que o leva para um passeio pelas terras romanas e Toscana, no verão de 1962. Chegam a um baile familiar, ao ar livre numa cidade do interior. Brilha entre as mulheres uma senhora madura, belíssima. Bruno (Gassman num dos melhores papéis de sua brilhante carreira) tira-a para dançar com gestos de fidalgo e, depois de galanteios, dançando, discretamente dá um aperto no seu par. Ela recua num misto de surpresa, encantamento e recato assustado, censurando-o com um quase sorriso: "Commendatore!". E o personagem de Gassman, o italiano que não renega sua sina, faz uma reverência: "Modestamente, signora!...". Bruno, interpretado por Gassman, era um autêntico "casanova", adjetivo que tem como patrono Giacomo Casanova (1725-1798), o lendário namorador de Veneza que, apesar da fama, escreveu em suas memórias ter "seduzido" (para usar um termo muito anterior à emancipação feminina), conforme suas palavras, "apenas 120 mulheres". Número bem inferior às conquistas de um italiano honorário: o lendário Don Juan, embora sua origem espanhola, se naturalizou Don Giovanni, e ficou célebre numa ópera italiana, que ajudou a sedimentar a indiscutível primazia peninsular em relação ao "don juanismo", expressão que ganhou registro no *Larousse du XIX Siècle*. A fala de Leporello, o criado de Don Juan na ópera *Don Giovanni*, se tornou um clássico na celebração desse traço de caráter atribuído aos italianos:

– *Madame, este caderno é um catálogo que contém a relação das mulheres seduzidas por Don Juan, meu patrão, que se tornaram suas amantes. Na Itália, 640; na Alemanha, 231; 100 na França e 91 na Turquia; mas na Espanha, elas já são 1.003! Entre elas, há camponesas, criadas, senhoras burguesas, condessas, baronesas, marquesas, princesas... Há mulheres de todas as classes sociais, de todas as estaturas e tipos, de todas as idades... Ele aprecia a gentileza das loiras, a constância das morenas, a doçura daquelas que começam a ganhar os primeiros cabelos brancos... No inverno ele gosta de uma gordinha, e aprecia as mais magras nos dias quentes de verão... Gosta da majestade de uma mulher de grande estatura, mas não despreza o encanto de uma baixinha. Não se constrange sequer de conquistar as velhas mais charmosas para aumentar a lista. Mas a grande paixão dele, capaz de transtorná-lo, na verdade, é quando aparece uma jovem principiante: não lhe importa que seja rica, pobre, feia ou formosa. Desde que vista saia, pode saber antecipadamente o que ele quer...*

O manjericão apunhalado

Quando alguém diz que Lyon é a capital gastronômica da França, a afirmação soa com um toque de pedantismo esnobe. E Paris? O que dizer de Paris? Na verdade, a cozinha parisiense é "a cozinha dos vagões restaurantes", como escreveu o catalão Josep Pla. Afora as exceções, geralmente bem mais caras, a demanda diária de milhões de turistas fáceis de contentar criou uma cozinha uniformemente sem graça, capaz de não desagradar o recém-chegado do interior de Santa Catarina ou das montanhas do Afeganistão, ansioso por conhecer as delícias da celebrada "cozinha francesa". Serão servidas quase sempre as simplificações inevitáveis que há muito tempo adulteraram o caráter de uma culinária lendária.

Lyon, com menos turistas, menos holofotes e menos cronistas a celebrá-la, pôde cultivar suas raízes e Anonymus Gourmet chegou lá disposto a recuperar um pouco do tesouro flagrado pelo mesmo Josep Pla, que foi um viajante infatigável: "O que existe na França são as cozinhas regionais, que o povo elaborou em lugares concretos com produtos autóctones". Lyon tem a vantagem preliminar de receber visitantes decididos, que buscam a comida simples e magnificamente elaborada, longe das luzes ofuscantes e dos "entrecots a la mode" – muitas vezes decepcionantes – da capital.

Na majestosa Place Bellecour de Lyon, o calor asfixiante do verão, convidava a uma cerveja num quiosque simpático, elegantemente construído em ferro batido. Para acompanhar a cerveja, humm... Ah, qualquer coisa serve, uns salgadinhos, salame e queijo picados... O velho garçom, com uma daquelas cabeleiras grisalhas que já testemunharam todas as tempestades, desilusões e falsas ilusões da existência, diante da indecisão de Anonymus, ponderou:

"Permita-me sugerir a nossa pizza margherita."

Anonymus Gourmet deixou escapar o olhar perplexo que reservava na juventude àqueles trapezistas que saltavam sem rede de proteção, nos antigos circos da Praça Piratini, hoje soterrada por um shopping.

A pizza margherita é uma proeza semelhante: tem um mínimo de ingredientes, a massa da pizza, o molho vermelho, o queijo e manjericão. Qualquer desses elementos que não estiver na pontuação máxima, e o menor deslize no preparo significam o desterro para o vale das mediocridades. Mas Anonymus concedeu e, meia hora depois, teve a leitura do *Le Progrès* interrompida pela chegada do pedido. Uma obra-prima fora entronizada na mesa: a textura da massa, crocante no ponto exato, a muzzarella soberba e o molho de tomates perfumado e apetitoso. Era a perfeição absoluta, e exigia uma escolha: ou comer de joelhos, ou desistir da cerveja e pedir um tinto da Borgonha de boa data. O aroma da pizza era tão sugestivo que Anonymus decidiu-se pelo borgonha.

Excelente Borgonha para uma comida excelente.

Como a paixão é cega, Anonymus – induzido pela perfeição do serviço, da massa da pizza, do queijo, do molho, da tarde deslumbrante e do borgonha tinto – desconsiderou um detalhe essencial: a pizza por certo era extraordinária, mas ao contrário do que informava o cardápio, não era margherita: a legítima margherita leva manjericão e não orégano, como lembrou com vigilância fraterna o Dr. Newton Kalil.

Pouco importava: a variante com orégano brilhava.

Isto é, a malandragem francesa levou Anonymus a apunhalar o manjericão, traindo o lendário Nariz de Cachorro, inventor da legítima pizza margherita, patrimônio centenário da Itália.

No dia 11 de junho de 1889, Raffaele Esposito, apelidado Nariz de Cachorro, e sua mulher Maria Giovanna Brandi, em homenagem à rainha Margherita di Savoia que visitava Nápoles, prepararam uma saborosa pizza com tomate, *mozzarella* e manjericão, as cores da bandeira italiana: o branco do queijo, o vermelho do tomate e o verde do manjericão. A rainha Margherita ficou maravilhada com o engenho e com o sabor e, por isso, Nariz de Cachorro batizou sua obra-prima com o nome dela. A pizza margherita se tornou universal e a pizzaria do Nariz de Cachorro, em Nápoles, já passou dos cem anos de idade, honrando o prestígio: atualmente, denomina-se Brandi ou, então, Antica Pizzeria della Regina d'Italia. Naquela tarde deslumbrante de Lyon, o manjericão foi esquecido. O manjericão com o molho de tomate, na pizza ou no macarrão, é uma combinação perfeita. O curioso é que essa parceria começa na horta: o manjericão é a planta companheira dos tomateiros, porque afasta a terrível mosca-branca que dizima os tomates. E, perto das pimentas, o manjericão serve para perfumá-las.

Consultando diversas fontes, Anonymus deparou-se com uma teoria conspiratória capaz de explicar a preterição do manjericão: a má vontade francesa com o manjericão é milenar. Na França, um antigo costume camponês ensina que o manjericão só cresce viçoso quando a semeadura é feita acompanhada de xingamentos e palavrões. Mas isso talvez seja por conta do mau humor que os ingleses atribuem aos franceses.

O manjericão nasce e cresce com facilidade até num vaso de flores da sacada, sem palavrão. E, na Itália, é um símbolo: para um italiano, entregar um ramo de manjericão a uma mulher equivale a uma declaração de amor.

Mentiras em pouca banha

Anonymus Gourmet afirma ter perdido a conta dos restaurantes que apelidam pomposamente de "grelhados" seus bifes fritos em óleo de soja:

"E, no lugar de grelhados, nos servem mentiras fritas em pouca banha", diz com um misto de desconsolo e mal-estar.

Um exemplo desse mau hábito ocorreu dias atrás, quando Anonymus saiu para jantar com o velho amigo Jacarandá Ribas (conhecido em Arroio Teixeira como Jack Ribas) e sua fiel Jucileide, numa noite especialmente amena em que escolheram um dos nossos restaurantes mais prestigiados. O plano era, acima de tudo, beber um merlot muito especial, elaborado com uvas escolhidas.

Jucileide, que aprecia emoções fortes e vinhos encorpados, arregalou de prazer seus indescritíveis olhos verdes que contrastam de forma perigosa com a pele de canela.

A soberba garrafa foi depositada sobre a mesa, interrompendo o exame que Anonymus fazia daquele inquietante contraste.

"E para acompanhar o vinho? O que nos sugere?" – perguntou Anonymus Gourmet ao garçom.

"Ora, que tal uma carne grelhada?" – sugeriu inadvertidamente o garçom, sem desconfiar que tocava numa ferida sensível.

"Grelhado?! Carne grelhada?! Mas aqui não tem grelha!" – rugiu Anonymus. O garçom se assustou com a reação e acabou por admitir que os grelhados daquele restaurante eram feitos sem grelha.

"Grelhados na frigideira e na chapa", defendeu-se o garçom.

"Grelhados sem grelha!? Na verdade, o senhor está nos oferecendo, pelo que entendo, porções de prosaica carne frita, ou será algum tipo de carne de panela?" – exasperou-se Anonymus.

Jucileide e Jack se olharam, embaraçados com a irritação do velho amigo. Mas compreenderam suas razões.

Assadores fazem parte de uma confraria limitada, feita de iluminados e adivinhos. É preciso respeito com eles. Segundo Anonymus, inclui o Paulo Lima, um chinês criado em Melbourne que é excelente, o Ivan, mas tem sobretudo o Zé Abu-Jamra que assou e grelhou para Charlize Theron em Saint Barth. Entre outros poucos.

"Ora, grelhado é modo de dizer..." – quis contemporizar o garçom.

"Aí é que o senhor se engana. Grelhado não é modo de dizer, é modo de fazer. Por sinal o mais antigo, difícil e respeitável modo de fazer da gastronomia" – disse Anonymus, já mais calmo, encerrando o debate, definitivamente aborrecido.

Por momentos, Jack e Jucileide temeram que o amigo tivesse a sinistra ideia de grelhar, ou fritar, o próprio garçom. Bem aconselhado por Jucileide, entretanto, Anonymus Gourmet decidiu-se por uma pacificadora canja de galinha.

A mesa favorita de Jack Nicholson

Frio de zero grau, céu cinzento, as ruas do sábado ocupadas por manifestantes contra o governo que paralisaram parcialmente os transportes.

Ao mesmo tempo, filas imensas aguardavam, em frente ao Grand Palais, o momento de se deslumbrar com a maior exposição já realizada das obras do ícone impressionista Claude Monet.

Enquanto isso, perto do aeroporto, num centro de convenções que mais parece uma cidade, os nervosos preparativos para a SIAL, a maior feira de alimentação do mundo.

"Ça c'est Paris!" – refletiu Anonymus Gourmet, enquanto se deliciava diante de um saboroso entrecot com aspargos gratinados, guarnecido por uma honrada garrafa de Châteauneuf du Pape "Vieilles Vignes", no Le Grand Colbert, perto da mesa favorita de Jack Nicholson e também de José Abu-Jamra.

O Grand Colbert, até virar cenário do encontro inesquecível de Jack Nicholson e Diane Keaton, no filme *Alguém tem que ceder*, era apenas mais um dos extraordinários restaurantes que fizeram a fama de Paris. Agora, é claro, virou atração turística. Mas quando um dos velhos garçons pressente – pelo corte do sobretudo, ou pela gravata impecável – um dos antigos clientes, é como se um farol se acendesse, e brilha o velho charme do lugar.

Dois expressos sem açúcar foram necessários para encorajar Anonymus a deixar o Grand Colbert. Esgueirando-se entre os manifestantes do Boulevard Beaumarchais, Anonymus, bem alimentado, tomou o rumo da maior feira de alimentação do mundo, instalada, por cinco dias, nas proximidades do aeroporto Charles De Gaulle. Depois do almoço, os comilões são virtuosos, pensou Anonymus, ao ingressar no imenso espaço, em que não faltavam tentações saborosas: no fantástico centro de imprensa, equipado com computadores Mac de última geração, um grande balcão oferecia uma espécie de enciclopédia viva de canapés, acepipes, sanduíches e empadas de todos os tipos e recheios, devidamente acompanhados por uma mostra sintética, mas expressiva, de champagnes, vinhos, conhaques e licores de diversas procedências francesas, de prontidão para enfrentar a sede e a fome de mais mil jornalistas credenciados.

Pelos quilômetros e quilômetros da gigantesca feira, encontra-se de quase tudo: o frango, os suínos, o vinho e outros importantes produtos brasileiros lado a lado com linguiças suecas, molhos italianos, patos franceses, carnes australianas, arroz vietnamita, bacalhau norueguês, azeites portugueses, apresentados por 5,6 mil expositores de 185 países, disputando a atenção e o apetite de 150 mil visitantes, na maioria profissionais que escolhem os produtos que vão ser oferecidos nas prateleiras dos mercadinhos e supermercados do mundo.

Olhando a paisagem, com o estômago e a alma ocupados pelo entrecot do Grand Colbert, Anonymus pediu ao discreto garçom queniano da sala de imprensa um chá de verbena que, além do mítico poder de reacender velhas paixões, tem importantes qualidades digestivas.

Morando na camisa, embaixo do chapéu

Anonymus Gourmet, que sobreviveu ao regime militar, inclui entre suas vaidades favoritas a tolerância amável ao direito das minorias. "Ele sempre esteve do lado mais difícil" – orgulha-se Madame Queiroz, testemunha daqueles tempos. Ela gosta de repetir a frase de Borges (ele, sempre ele): "A um verdadeiro cavalheiro só podem interessar causas perdidas". Houve um tempo em que os vegetarianos não passavam de uma minoria ridicularizada. Anonymus, então, não hesitou em empunhar alfaces e cenouras como se fossem estandartes que não poderiam ser calados. Hoje, a carne – a "carne vermelha" como dizem aqueles que desejam estigmatizar nossos bifes, diz a solidária Madame Queiroz – "é o alvo da Inquisição".

"Ainda bem que os Torquemadas ainda não estão incendiando açougues!" – constata Anonymus.

Em pleno mês Farroupilha (no início, era a "data", com o tempo virou "Semana Farroupilha", agora é o setembro inteiro) Madame Queiroz gosta de lembrar um dos maiores escritores do Rio Grande, o inesquecível Athos Damasceno: "Ao passo que o Norte flutuava numa doce enseada de calda, nós aqui singrávamos num mar vermelho de sangue – sangue de boi, de ovelha e de carneiro. E não raro, até sangue de homem, tanto nos custou, em diferentes épocas, levantar uma barreira de peitos contra a cobiça dos espanhóis e suas pretensões territoriais".

Tudo isso adverte que o churrasco dominical rio-grandense tem raízes profundas. Anonymus gosta de lembrar que o gado bovino chegou ao Rio Grande do Sul no século XVII, mostrando o recorte já amarelado de uma antiga revista *Claudia*, no texto excelente da querida amiga Adélia Porto. Era o chamado gado xucro ou gado chimarrão, que vivia à solta, sem cerca e sem controle, caçado pelos índios charruas, nativos da região, que se tornaram grandes mestres da arte do churrasco. Adélia conta que a habilidade e o apetite dos índios espantaram o padre Antônio Seppé, que esteve por aqui em 1691. Seppé escreveu um livro, *Viagem às Missões Jesuítas e trabalhos apostólicos*, onde se lê: "Impossível dizer-se com que perícia e rapidez os índios pegam uma rês, derrubam-na, tiram-lhe o couro e esquartejam-na. Mas muito mais rápidos ainda são no comer". Perplexo, o padre fala de um casal de índios que, sentindo fome, interrompeu a lavração de uma roça e devorou um dos bois de serviço, utilizando o arado, que era de pau, para principiar o fogo – um insólito churrasco de emergência. Depois dos índios, vieram os comerciantes de couros e os tropeiros, que recolhiam gado para São Paulo e Minas Gerais. Eram os primeiros gaúchos, gente rude, sem governo, que "morava na sua camisa, debaixo do chapéu".

Não diga à mamãe que sou jornalista

Os príncipes se irritam com o conhecimento da verdade, quando ela se opõe aos seus fins ou impede seus propósitos, escreveu o jornalista espanhol Juan Luis Cebrián, autor de um livro que celebra o jornalismo e as dificuldades para exercer com correção e eficiência essa profissão: *O pianista no bordel*. O título usa a ironia de um ditado espanhol: "Não digam à minha mãe que sou jornalista, prefiro que continue pensando que toco piano num bordel".

No caderno de gastronomia ou na página de polícia, passando por todas as seções, a vocação de um jornal, para agradar e ser confiável a seus leitores é, muitas vezes – para não dizer quase sempre – desagradar seus personagens. Em quarenta anos de jornalismo, percorrendo esporte, geral, polícia, turfe, reportagem internacional, economia, gastronomia, e até a chefia de redação, Anonymus Gourmet perdeu a conta das vezes em que ouviu reclamações do tipo: "Não foi bem isso que eu disse...", "Eu merecia muito mais ter a minha foto publicada do que esse aqui...", "As minhas declarações foram mal-interpretadas...", "O destaque para esse restaurante foi injusto, porque o meu merecia...". Os personagens das notícias geralmente só aceitam um tipo de comentário às suas atividades: a lisonja e o elogio copioso. Ou então a "crítica construtiva". Não são poucos os estabelecimentos que ostentam um quadrinho com os dizeres: "Se tiver críticas, diga a mim; se tiver elogios, diga a todos".

Nos ensaios de Cebrián não falta autocrítica: entre outros alertas, lembra que o jornalismo investigativo (que exige trabalho meticuloso, rigor e tempo) não se confunde com "os informantes da polícia e os moleques de recado do poder". O rigor na apuração dos fatos é a melhor defesa contra a espada afiada da frágil confiança do público que diariamente pende sobre a cabeça dos jornalistas. Anonymus Gourmet lembra da advertência de um precioso livro de normas de redação do jornalista Carlos Maranhão: num texto de duzentas linhas absolutamente corretas, com informações apuradas e checadas com rigor, basta um único erro, uma imprecisão na última linha, para que o leitor duvide da exatidão de tudo o que leu antes.

Juan Luis Cebrián sugere nove itens para meditação de nós outros, operários da informação e sacerdotes da notícia: 1. A primeira obrigação do jornalismo é a verdade. 2. Sua primeira lealdade é para com os cidadãos. 3. Sua essência é a disciplina da verificação. 4. Seus profissionais devem ser independentes dos fatos e das pessoas sobre os quais informam. 5. Deve servir como um fiscalizador independente do poder. 6. Deve oferecer-se como tribuna para as críticas públicas e para o compromisso. 7. Deve se esforçar para fazer do que é importante algo de interessante e oportuno. 8. Deve seguir as notícias de forma ao mesmo tempo exaustiva e proporcional. 9. Seus profissionais devem ter direito a trabalhar conforme lhes dita a consciência.

Cebrián ficou famoso na condição de diretor-fundador de um dos mais importantes jornais do mundo, *El País*, que começou a circular em 1976, durante a transição da Espanha do ditador Franco para a democracia, e a seguir brilhou como um dos administradores do francês *Le Monde*. Os dois jornais construíram as respectivas biografias com algo em comum:

El País, nas duas décadas finais do século XX e continuando neste século, e *Le Monde,* desde sempre, se tornaram referências mundiais na busca da isenção e na despreocupação em desagradar os personagens de suas notícias e reportagens.

Ninguém escapa, constata o autor com certa amargura: "Literatos, intelectuais e também muitos renomados jornalistas, depois de exaltar as sublimes funções dos jornais, acabaram por anominá-los". O exemplo do grande Balzac é sugestivo: quando era elogiado, adorava os jornais; mas, quando recebeu críticas, mudou de lado e escreveu: "Se a imprensa não existisse, seria preciso não inventá-la".

Ouro comestível

As espumas no caldeirão do esquecimento

Um fenômeno gastronômico do século XXI: a cozinha espanhola, ou melhor, a chamada "alta cozinha espanhola" ameaça a soberana supremacia francesa. Desde 2007 três *chefs* espanhóis fazem parte da lista dos dez melhores do mundo. A respeitada revista *Restaurant*, depois de ouvir 651 cozinheiros e críticos de todo o mundo, colocou três espanhóis no top dez (e sete entre os trinta primeiros). O destaque maior, claro, era Ferran Adrià, chefe do El Bulli, na Catalunha, seguidamente escolhido para o primeiro lugar na lista dos melhores restaurantes do planeta, que, habilmente, fechou seu restaurante e se retirou quando estava no auge. Outros destaques entre os "dez mais": os bascos Andoni Luis Aduriz (Gipuzkoa) e Juan Mari Arzak (San Sebastián).

Essa reviravolta tem um marco: no dia em que Ferran Adrià foi capa da revista de domingo do *New York Times*, em 2003, ficou claro que algo começava a mudar.

O crítico Hugo Gonçalves, do *Diário de Notícias* de Lisboa, lembra que Adrià já era "considerado um gênio, um descobridor, o principal pioneiro de uma nova era culinária". Mas aquela presença no *Times* teve o impacto de uma transformação:

"Adrià virou estrela no principal jornal de uma cidade que define tendências e eleva desconhecidos à condição de intocáveis: era mais uma prova de que a cozinha espanhola, além da qualidade, ia começar a servir de inspiração."

Hoje, as espumas inventadas por Ferran Adrià são comuns em restaurantes americanos e europeus. Ficam perguntas inevitáveis. A Espanha terá se tornado a nova França, em matéria de culinária? Haverá consistência nessa anunciada liderança, ou as espumas de Adrià acabarão por se dissolver no impiedoso caldeirão do esquecimento?

Por enquanto, os espanhóis comemoram e sublinham essa notoriedade da sua cozinha. E não faltam exageros. Surfando nessa onda, uma joalheria tradicional de Marbella, na Espanha, chegou a atrair gourmets e cozinheiros espanhóis, alemães e russos interessados em comprar um novo produto: ouro em pó comestível. A empresa, Gómez & Molina, embalou o metal em vidrinhos de cem mililitros equipados com um dosador e pôs à venda por cinquenta euros. Não faltaram encomendas chegando do mundo todo.

"Antes ouro comestível era privilégio de chefs famosos em seus restaurantes. Agora, pela primeira vez, ouro comestível foi colocado ao alcance do consumidor comum" – disse com orgulho um dirigente da empresa.

Consumidor comum? É, o "consumidor comum", cuja conta bancária lhe permite comer ouro em pó.

Na verdade, é apenas uma cara vaidade gastronômica, porque o efeito na comida é apenas decorativo: ouro tem sabor neutro (isto é, não tem gosto), é inodoro (não tem cheiro) e não estimula o paladar.

Mesmo assim (ou talvez por isso mesmo), os vendedores da joalheria espanhola sugerem polvilhar ouro no champanhe, no gaspacho e nas sobremesas.

Na mesma semana em que o ouro comestível era colocado à disposição do "consumidor comum", um outro fato significativo para a gastronomia Espanha. No plano da realidade menos delirante, Javi Antoja de la Rosa, diretor da revista espanhola de gastronomia *Apicius*, comemorava o sucesso de sua publicação que se tornou referência e prestígio no universo da culinária, inclusive na Itália e na França. Javi Antoja ficou maravilhado:

"Quem poderia prever, trinta anos atrás, que uma publicação gastronômica editada na Espanha pudesse encantar os franceses?"

Entre cadeiras forradas de feltro, cardápios renascentistas

Paris é o lugar mais acolhedor que existe. Dois dias depois de chegar à cidade, é inevitável a sensação de que aqui você passou a infância. A cidade, amorosamente, adora cultivar e valorizar seus residentes, mesmo que eles sejam temporários e venham de longe. Hemingway, Scott Fitzgerald, Gabriel García Márquez, Jorge Amado, Woody Allen, Clint Eastwood e tantos outros ficaram parisienses depois de passarem por aqui com amor sincero.

Pierre Cardin nascido em 7 de julho de 1922, em Veneza, filho de uma família francesa de Vichy, é um caso de parisiense adotivo. Para retribuir o amor da cidade, que transborda pelas ruas e pelos jornais, e também para afrontar os outros costureiros, invejosos do seu sucesso, ele chegou a comprar o restaurante símbolo da cidade, o Maxim's, o restaurante de luxo mais famoso do mundo, então em franca decadência, em 1981, e não só revigorou a casa, como abriu filiais em Nova York, Londres e Beijing.

Justamente no Maxim's de Paris, que se salvou cultivando um luxo retrô, Pierre Cardin reuniu jornalistas às vésperas do lançamento de mais uma de suas coleções. Apesar do seu imenso sucesso mundial Cardin nunca deixou de ser visto com desconfiança pelos colegas da alta-costura e do restrito mercado do luxo com uma espécie de trânsfuga, por popularizar e vulgarizar a moda. Chegou a ser expulso da Chambre Syndicale dos grandes costureiros, por lançar uma coleção prêt à porter para a loja de departamentos Printemps (foi o primeiro costureiro em Paris a ter essa audácia), mas logo foi reintegrado, diante do clamor da cidade. Em seguida, porém, renunciou ao seu lugar na Chambre Syndicale e, desde então, mostra suas coleções no Espace Cardin, em Paris, outrora o Théâtre des Ambassadeurs, onde também promove novos talentos artísticos, em espetáculos de teatro e de música.

No Maxim's, entre cadeiras forradas de feltro e mesas com pequenos abajures cor-de-rosa, com clientes raros e selecionados, cardápios renascentistas e serviço cerimonioso, Cardin está em casa. Bertrand de Saint Vicent, do *Figaro*, que participou do encontro, observou: "Na verdade, ele parece estar em casa em qualquer lugar".

Além de ter adquirido os restaurantes Maxim's, Cardin também lançou produtos de comida sob o nome Maxim's, que fazem sucesso na China.

Naquela tarde, parece em grande forma aos 87 anos: conversa com desenvoltura e caminha com facilidade, bebe vinho branco e diz não praticar nenhum esporte. O costureiro mal-amado não perde a oportunidade de alfinetar os concorrentes que o esnobam, e proclama seu orgulho em democratizar a alta-costura:

"Sempre acreditei em servir ao povo, conservando a criatividade e o estilo. Se não tivesse agido assim, eu não existiria."

Entre suas propriedades, estão as ruínas do castelo em Lacoste, Vaucluse, antigamente habitado pelo Marquês de Sade. Ele restaurou o lugar e promove festivais de teatro, muito prestigiados.

O nome de Pierre Cardin corre o mundo e, além da produção própria de moda prêt à porter, tem seiscentas licenças em cinquenta países. Bebe um lento gole de vinho branco e declara, sem afetação, como quem faz uma descoberta:

"É incrível... Sou um homem de um bilhão de dólares!"

Sabemos o que é, mas não sabemos definir

"Será que este vinho tem aroma de pêssego ou de couro molhado?", pensa o cidadão Y, jovem iniciante, preocupado em analisar o vinho que lhe foi servido diante da namorada recente, transformada em tribunal para julgar sua ignorância vinícola.

Chesterton, com a benevolência e também com o humor cortante do Padre Brown, acreditava que cometemos um erro quando pensamos ignorar algo só porque somos incapazes de defini-lo. Jorge Luis Borges dizia que sabemos o que é a poesia, sabemos tão bem que não podemos defini-la. Da mesma forma, somos incapazes de definir o sabor do vinho ou do café, assim como também parece impossível reduzir a palavras a cor amarela ou vermelha, o significado da ira, o amor, o ódio, o amanhecer, o crepúsculo, ou o amor pelo nosso país. A variedade de sensações que cada pessoa é capaz de retirar de um copo de vinho, ainda escutando Borges, não é infinita, mas assombra a imaginação. É impossível resumir a amplitude desses prazeres.

Y tem certeza que gosta daquele vinho, que lhe parece agradável, perfumado, deixando na boca um vestígio de sabor e de plenitude. Mas, como traduzir esse encantamento? E, acima de tudo, por que é obrigado a recitar uma lição num momento que deveria ser de prazer e descontração? A cervejinha gelada tem a vantagem de dispensar a sustentação oral. Medo de dizer bobagem, medo de fazer bobagem... O medo pode ser um dos obstáculos à ampliação do consumo de vinho no Brasil. Alguns entendidos encarregaram-se de criar uma trincheira intransponível entre os consumidores e o vinho. Para beber um vinho seria necessário um copo especial, uma ocasião especial e, acima de tudo, um mínimo de conhecimentos técnicos: para isso, proliferam os cursos que ensinam os consumidores a abrir caminho na espessa névoa de sua ignorância, para compreenderem o que estão bebendo, para saberem que vinhos devem acompanhar suas refeições, sem dar vexame.

"Nas provas de vinho, os iniciados sequer engolem: cospem – por melhor que seja a origem. Temem se embriagar com os sabores que tentam compreender?" – provoca Anonymus Gourmet. Segundo Anonymus, o vinho é um cálice de prazer e as melhores sensações, como ocorre em todos os prazeres, são indescritíveis: no máximo, um vago "gostei ou não gostei", "ruim" ou "bom", com as inevitáveis gradações que vão de "razoável" a "sensacional".

Se o prazer de um copo de vinho deve ser necessariamente decupado e reduzido a uma análise sensorial, Anonymus imagina a análise gustativa de uma noite de amor: "faltou amplitude nos abraços"; ou quem sabe: "beijos intensos, com toque de acidez e final acentuado"... Seria insólito.

Apesar de todas essas ponderações, Anonymus Gourmet percebe que pode ser intransponível o muro do medo. O pior medo é o medo de não ser Cary Grant, que segundo Hitchcock, estava sempre à altura dos acontecimentos. O monstro mitológico com cabeça de dragão, corpo de cabra e cauda de serpente invade o coração do cidadão Y que, depois do segundo copo, sussurra o fascínio pela quimera: "Confesso que tenho o sonho de entender de vinhos..." Que sonho!

Perplexo, Anonymus evitou lembrar Shakespeare ("somos feitos da mesma matéria dos sonhos"). Mas voltou a Jorge Luis Borges que advertia sobre os perigos de certos sonhos, citando o filósofo chinês Chuang Tzu que sonhou que era uma mariposa: ao despertar não sabia se era um homem que havia sonhado ser uma mariposa, ou uma mariposa que agora sonhava que era um homem.

Anonymus não cansa de repetir Armando Coelho Borges, escritor, bebedor de vinhos e amigo – exemplar nessas três vocações – que escreveu certa vez: "Podem os enólogos e peritos dizer o que disserem, continuo achando que um vinho bom não se descreve. Analisar é outra coisa. Decompor em laboratório, é possível. Separar um ou outro elemento, muito fácil. Mas e daí? Como reunir depois a todos para reproduzir a sensação do seu gosto? A linguagem fica a quilômetros de distância. Só bebendo. É a definição ostensiva, não há outro jeito. E com a boa música dá-se a mesma coisa. O pessoal que pensa que descreve vinhos tem uma linguagem pedante que informa tanto sobre a bebida quanto um copo vazio. Falam de aroma penetrante. Consistência aveludada. Áspero. Desequilibrado. Redondo. A gente se espanta e chega a pensar: mas será que tomei tudo isso?".

O encantamento não tem medida, nem comentário possível. Rainer Maria Rilke resumiu essa perplexidade num parágrafo como sempre irretocável, lembrando que as coisas estão longe de ser todas tão tangíveis e dizíveis quanto se pretenderia fazer crer: "A maior parte dos acontecimentos é inexprimível e ocorre num espaço em que nenhuma palavra jamais pisou".

Pudins tão bons como os poemas

Nos dias de frio implacável do Pampa, Anonymus Gourmet, para aquecer os ossos, acende a lareira. Para aquecer a alma, seguidamente abre um pequeno volume com os versos do maior poeta norte-americano, uma mulher: Emily Dickinson (1830-1886). O pequeno volume, um livro de bolso lançado no Brasil, é a primorosa edição de *Poemas escolhidos* de Emily Dickinson (L&PM, 2009). O autor da magnífica tradução, além da seleção dos poemas, introdução e notas, é o professor Ivo Bender, que – como Anonymus anotou em sua velha caderneta preta – nos oferece um conjunto que brilha: a graça e a força dos versos é irresistível.

Apesar de ter vivido reclusa por 56 anos, sem receber visitas, numa casa de Amherst, no interior de Massachusetts, refém do puritanismo asfixiante da Nova Inglaterra e de um pai dominador, Emily apaixonou-se por um homem casado (mas evitou consumar a paixão) e deixou 1.775 poemas, que têm, até hoje, emocionado sucessivas gerações. A obra de Emily Dickinson, exceto por raros versos isolados, acolhidos em pequenos jornais do interior, só foi impressa depois de sua morte.

Como escreveu Otto Maria Carpeaux em sua monumental *História da literatura universal*: "Ela não inspirará nunca admiração perplexa, como Poe, nem será tão popular como Whitman". Mas é o próprio Carpeaux quem lhe dá o mérito de "maior poeta norte-americano", considerando a sua obra das mais originais em língua inglesa, especialmente pela reiterada quebra das convenções, no conteúdo e – para desgosto dos puristas – também na forma: nunca hesitou em surrar a gramática, para sintetizar seu desconforto diante do mundo.

Teve um amigo com quem se correspondia, Thomas Wentworth Higginson, um poeta hoje esquecido que inutilmente tentou "corrigir" as transgressões de seus poemas, adulterando forma e conteúdo, "para o bem de Emily". Mas a obra original sobreviveu a Higginson e ao pai.

Higginson deixou reminiscências que escreveu sobre ela. Seu pai, um tipo antigo e puritano, era sempre a figura principal, um homem que, como ela disse, lia aos domingos "livros solitários e rigorosos", e que, desde sua infância, lhe incutiu temor. Até a idade adulta, Emily leu apenas a Bíblia e – escondida do pai – Shakespeare:

"Quando perdi a visão, era um alívio pensar que os livros importantes são tão poucos. Depois, quando recuperei a visão, pensei: 'Além de Shakespeare, por que preciso ler outro livro'?".

Na reclusão que escolheu, além de escrever, tinha ocupações gastronômicas que cumpria com prazer: diariamente ela fazia todo o pão da casa, porque seu pai só gostava do pão feito por ela. E, segundo relatos de contemporâneos, seus pudins eram tão bons como os poemas.

Antigamente, não havia colesterol

Entre as dívidas irresgatáveis que o chamado primeiro mundo tem com a América – além de todo o ouro que foi levado daqui, além da matança de mais de cinquenta milhões de índios, além da devastação ambiental – existem pelo menos três vegetais que se incorporaram à vida dos europeus: o fumo (que foi nossa maior vingança), o tomate e a insuperável batata.

O tomate conquistou especialmente a Itália, fazendo par com o macarrão que Marco Polo trouxe da China. Os italianos são especialistas em aperfeiçoar de forma insuperável o que vem de fora. O automóvel, por exemplo, é invenção norte-americana, mas a Ferrari foi criada em Maranello.

Quanto à batata, já salvou mais vidas do que o fumo destruiu: aplacou a fome dos pobres no final do século XIX, período celebrizado por Van Gogh no quadro dos "comedores de batata". Um estudo genético determinou com exatidão a terra natal da batata. Sabia-se que o homem começou a cultivar a batata há mais de sete mil anos, aqui na América do Sul, mas o lugar exato permanecia misterioso. Agora, cientistas norte-americanos descobriram com exatidão que o berço da batata é o sul do Peru. A importância da descoberta não é a mera curiosidade intelectual. É que na região que deu origem, certamente existem mais variedades silvestres de batata. Essas variedades são consideradas depósitos de genes que podem ajudar a vencer pragas devastadoras para culturas comerciais, e assim, salvar um dos pratos favoritos da humanidade. Além disso, no berço da batata poderão ser encontradas variedades ainda mais saborosas.

Anonymus Gourmet acredita que batatas fritas, daquelas que foram descascadas minutos antes de serem mergulhadas na banha fervente, saboreadas logo depois, bem sequinhas e crocantes, estão entre os pecados mais deslumbrantes que o demônio já ofereceu à fragilidade humana: têm o gigantesco poder de reduzir o colesterol a um fantasma remoto.

"Antigamente, não existia colesterol", gostam de dizer os cínicos.

Em momentos de rebeldia, quando aquele espírito de transgressão acomete qualquer um de nós, "na escura debandada para a morte", Anonymus gosta de levar o desafio ao Cavalo Celeste às últimas consequências: para acompanhar as batatas fritas, ovos também fritos, com o feitiço tenebroso da antiga receita de uma senhora amável, belíssima, de voz suave e artes arrebatadoras: ela frita os ovos também em banha, em fogo muito alto, deixando a parte debaixo, da clara, com uma crosta levemente chamuscada, mas a gema bem mole, que escorre para ser absorvida por um pedaço de pão – com boa manteiga por certo.

Para completar o sacrilégio, os pecadores mais fervorosos não dispensam um filé malpassado, sangrando.

Se beber, não dirija: escreva versos

Hemingway dizia que não confiava em homens que não bebem, explicando que "a sobriedade é traiçoeira". Anonymus Gourmet, mais realista, diz que confia muito em homens e mulheres que não bebem, especialmente quando estão ao volante. Se for dirigir, não beba; se beber, não dirija: escreva versos. Os poetas, diz Anonymus, ficam encantadores justificando seus copos a mais. Como Baudelaire, que, antes da vinhaça, esfregava as mãos ansiando pelo "sol interior que o deus da videira desperta". Mas, no dia seguinte, de ressaca, se queixava das "volúpias perigosas e fulminantes do vinho".

Pablo Neruda era um gourmet e também um comilão. Gostava de comer lentamente. Mas, sobretudo, adorava comer "longamente", a refeição se estendendo pela tarde, até que o vinho acabasse – ou acabasse com os convidados. Não foram poucos os poemas que dedicou às vinhas, aos vinhos e a pratos copiosos.

Quando Shelley e outros amigos foram visitar Byron em seu castelo de Veneza, em 1818, encontraram-no "gordo e mergulhado na promiscuidade sexual, entre farras e comilanças".

Mas Lord Byron foi mais do que um bêbado gordo e decadente. Em 1814, seu livro *The Corsair*, conta a lenda, vendeu dez mil exemplares numa noite. Parlamentar liberal na Câmara dos Lordes, morreu como herói da libertação da Grécia. Seu corpo foi enviado a Londres, mas as autoridades proibiram que fosse enterrado na abadia de Westminster, por causa de sua vida escandalosa. Em 1809, em Sevilha, o poeta apaixonou-se por uma mulher casada, desafiando o marido para um duelo. Nessa mesma viagem, seguiu pelo Mediterrâneo até Constantinopla, passando por Smyrna. Enquanto o navio esteve parado por causa de uma calmaria, Byron, avistou Troia e não resistiu: atravessou a nado o Helesponto, imitando Leandro. Sua biografia fabulosa é inesgotável: ele foi o imenso universo de todas essas histórias.

O que queria George Gordon Byron? Ninguém nunca saberá.

Os poetas – bêbados ou sóbrios – são enigmas. Num aniversário de Pablo Neruda, o poeta Paul Éluard entregou-lhe um presente raro: "O mais apreciado de tudo o que tenho", escreveu Neruda anos depois. Era uma página da carta em que Isabelle Rimbaud, do Hospital de Marselha, conta à sua mãe a agonia do irmão, o poeta Arthur Rimbaud.

"É o testemunho mais angustiante que se conhece", escreveu o poeta chileno, ao recordar as palavras de Éluard quando entregou-lhe a folha de papel: "Observe, Pablo, como a frase se interrompe no final: 'O que Arthur quer...' A página seguinte se perdeu deixando a perplexidade sobre Rimbaud: ninguém saberá jamais o que queria".

Babadouros para comedores vorazes

Antonin Carême, confeiteiro e cozinheiro francês, inventou o suflê, o merengue, o molho branco, a massa folhada, mas, sobretudo, reinventou sua própria vida. Foi um menino pobre, abandonado pelo pai, que veio a se impor, criando o luxo e o requinte das mesas francesas. Como símbolo desse triunfo, imaginou o chapéu de *chef* de cozinha, que usava como coroa legítima. Sua biografia, lançada no Brasil, numa edição caprichada, vale a leitura. *Carême: cozinheiro dos reis* é um livro que instiga reflexões. O autor Ian Kelly, que também é ator, representou no palco a vida do grande cozinheiro e, assim como o biografado, foi um menino pobre, abandonado pelo pai.

A lição de Carême é que, mesmo numa casa modesta, a elegância de uma mesa bem-posta, com um cardápio especial, é de rigor para celebrar uma data. Isto é, o encontro entre pessoas que se querem bem se justifica com o brinde e com o gesto de repartir o pão. Anonymus Gourmet acredita que é preciso cuidar do corpo para que a alma se sinta bem nele. Por isso, é preciso comer bem. E comer bem deve ser uma cerimônia alegre, em torno da mesa, para manter a convivência e a condescendência que os homens devem uns para os outros.

Mas é inevitável reconhecer que a gastronomia e a figura emblemática do gourmet se associam à elegância e à futilidade das aparências. É difícil afastar o imaginário de porcelanas assinadas, vinhos de boa data, toalhas impecáveis de linho engomado... O escritor e psicanalista Contardo Calligaris, confessando sua simpatia por essa "futilidade das aparências", lembra que, desde o fim do século XVIII, os dândis (que fizeram da elegância um culto) tiveram uma função decisiva na revolução social moderna: "A ideia era a seguinte: se o critério da elegância substituísse o da nobreza de berço, qualquer um poderia ser elite; bastaria que fosse elegante. Disraeli (que era um dândi) tornou-se primeiro-ministro da rainha Vitória porque sua elegância contou mais que sua origem judaica (que, em princípio, impedia que ele tivesse acesso a tamanho cargo)". Para os dândis, a elegância era "uma fineza rica", com implicações morais, como anota Calligaris: o cuidado frívolo com as aparências – do nó da gravata ao corte das calças – era também uma revolta do bom gosto contra as feiuras do capitalismo incipiente. Sem essa dimensão, "as roupas elegantes seriam apenas babadouros para comedores vorazes".

A TÉCNICA ZEN

Um almoço na Escandinávia

O Café Zezé, na região central da bela Copenhague, aparentemente é um lugar de almoços ligeiros.
Mas, isso não o diminui.
Tem algo a ver com um antigo viajante dos países nórdicos: o fato de se dedicar a colher instantâneos não impediu Cartier-Bresson de fixar diversas obras-primas com sua Leica.
Assim como Cartier-Bresson deixou fotos que pareciam telas pintadas em preto e branco, o almoço de sexta-feira passada no Café Zezé ficará para sempre na memória gustativa de Anonymus Gourmet como uma obra-prima: a competência soberba dos pratos servidos e a qualidade magnífica do serviço mereceram uma estrela de ouro na Moleskine cor de vinho que Anonymus Gourmet recém adquirira numa papelaria que se orgulhava de estar no mesmo lugar há 350 anos.
Esse sentimento impalpável de eternidade que a Escandinávia desperta em seus visitantes – e também, por certo, a trilha sonora com Dinah Washington cantando, naquele momento mágico, "Manhattan" – talvez tenham influenciado ligeiramente o estado de espírito de Anonymus.
Mas nenhum violino, nem mesmo o Maestro Lopes em seus tempos de Sinfônica de Nova York, seria capaz de melhorar a absoluta excelência do salmão defumado, firmemente apoiado numa base de pão preto com castanhas, cercado por verdes das imensidões nórdicas, recoberto por uma inesperada omelete de trufas.

Enquanto as papilas gustativas de Anonymus estremeciam, a trilha sonora sublinhava a qualidade do lugar: Dinah foi sucedida por Aretha Franklin, Sammy Davis Jr., Dean Martin, Perry Como, entre outras vozes majestosas.

Os frequentadores estavam à altura do lugar: de repente, Gary Cooper, redivivo, com aquela velha pose, recém-saído do set de filmagem de *Adeus às armas* (ou seria um sósia?), com um sobretudo de cashmere impecável, entrou acompanhado pela reencarnação de Ava Gardner que ofuscava o ambiente com o esplendor do seu sorriso: o que mais me encanta na classe dominante são os dentes, já disse o eterno Millôr.

Na sobremesa, depois do salmão inesquecível, uma indizível torta de chocolate, com crème chantilly e geleia de morangos frescos que nesta época brotam até nas calçadas de Copenhague.

Em seguida, o expresso sem açúcar, amenizou o pecado mortal da substanciosa fatia da torta. O atendimento discreto de dinamarquesas gentis e eficientes trouxe à mesa uma fidalguia do barman: um cálice de acquavita das estepes geladas. Estava ótima. Mas somente um cognac (escrito assim, em francês) da antiga casa de Monsieur Martell poderia encerrar o almoço.

"Monsieur Martell est mort" – ponderou o barman num francês sem sotaque.

E serviu um Hennessy.

Verdura fresca para o canário

Telefonemas, e-mails e até, em tempos de comunicação instantânea, uma carta. Não foi para saudar nenhuma notícia, nem qualquer comentário inesperado. A repercussão foi de um texto literário, no programa matinal *Gaúcha Hoje*, da rádio Gaúcha, programa justificadamente de informações rápidas em ritmo trepidante. Em sua participação semanal, Anonymus afrontou a pressa febril das manhãs e leu um trecho da crônica *Acorrentados*, de Paulo Mendes Campos, do livro *Anjo bêbado*, edição de 1969, da Editora Sabiá. Chovia em Porto Alegre e, no trânsito lento e impaciente, os motoristas por um momento ouviram as palavras do grande Paulo Mendes Campos:

> Quem coleciona selos para o filho do amigo; quem acorda de madrugada e estremece no desgosto de si mesmo ao lembrar que há muitos anos feriu a quem amava; quem chora no cinema ao ver o reencontro de pai e filho; quem segura sem temor uma lagartixa e lhe faz com os dedos uma carícia; quem se detém no caminho para ver melhor a flor silvestre; quem se ri das próprias rugas; quem decide aplicar-se ao estudo de uma língua morta depois de um fracasso sentimental; quem procura na cidade os traços da cidade que passou; quem se deixa tocar pelo símbolo da porta fechada; quem costura roupa para os lázaros; quem envia bonecas às filhas dos lázaros; quem diz a uma visita pouco familiar: Meu pai só gostava desta cadeira; quem manda livros aos presidiários; quem se comove ao ver passar de cabeça branca aquele ou aquela, mestre ou mestra, que foi a fera do colégio; quem escolhe na venda verdura fresca para o canário; quem se lembra todos os dias do amigo morto; quem jamais negligencia os ritos da amizade; quem guarda, se lhe deram

de presente, o isqueiro que não mais funciona; quem, não tendo o hábito de beber, liga o telefone internacional no segundo uísque a fim de conversar com amigo ou amiga; quem coleciona pedras, garrafas e galhos ressequidos; quem passa mais de dez minutos a fazer mágicas para as crianças; quem guarda as cartas do noivado com uma fita; quem sabe construir uma boa fogueira; quem entra em delicado transe diante dos velhos troncos, dos musgos e dos líquens; quem procura decifrar no desenho da madeira o hieróglifo da existência; quem não se acanha de achar o pôr do sol uma perfeição; quem se desata em sorriso à visão de uma cascata; quem leva a sério os transatlânticos que passam; quem visita sozinho os lugares onde já foi feliz ou infeliz; quem de repente liberta os pássaros do viveiro; quem sente pena da pessoa amada e não sabe explicar o motivo; quem julga adivinhar o pensamento do cavalo; todos eles são presidiários da ternura e andarão por toda a parte acorrentados, atados aos pequenos amores da armadilha terrestre.

A técnica zen do ovo frito perfeito

Valdomiro, o mítico ponta-direita do Inter de Porto Alegre, disse ao jornalista, escritor e cidadão do mundo David Coimbra que, chutando da meia-lua da grande área, mesmo depois de ter abandonado o futebol há tantos anos, conseguia "guardar", isto é, fazer um gol, a cada três tentativas. Anonymus Gourmet, afastado dos gramados há quase tanto tempo quanto Valdomiro, meditando sobre essa estatística, considerou excepcional o aproveitamento, idêntico ao antigo desempenho dele próprio, fritando ovos:

"Aquele ovo frito perfeito, com a clara firme, bordas levemente crocantes e a gema mole, consegue-se mais ou menos nessa proporção: uma em cada três tentativas" – admite Anonymus.

Nas outras duas tentativas, no futebol, ou a bola vai para fora, ou o goleiro defende, ou bate na trave. E o jogador de futebol tem também a aflição de acertar.

"Na frigideira, não há goleiro, nem trave" – diz Anonymus. "É apenas o cozinheiro, a frigideira e a aflição de acertar."

Essa aflição deriva da expectativa. Anonymus lembra um dos piores ovos fritos de sua carreira. Ocorreu na hora do almoço, quando Alarico, então com cinco anos de idade, recusou um ovo frito sem assinatura que lhe foi oferecido, e pediu a Anonymus:

"Quero o teu ovo frito. É muito bom" – e Alarico apontou o dedo indicador, deflagrando a vertigem da responsabilidade...

Aquela mesma sensação de vertigem, de Cartier-Bresson com sua Leica, tentando captar imagens de guerra:
"Minha vida mudou quando aprendi a abstrair a máquina e a responsabilidade de fazer uma foto... Só consegui isso depois de ler o livro do professor Eugen Herrigel, *A arte cavalheiresca do arqueiro zen*" – disse o grande fotógrafo a Pierre Assouline, na biografia de Cartier-Bresson (L&PM, 2010).

Herrigel, um alemão que foi ao Japão para ser professor, quando lá chegou resolveu mudar de lado e virou aluno. Tornou-se um aluno aplicado do arco e flecha. No Japão, não é um esporte, mas sim uma arte elaborada que faz parte da vida de alguns iluminados. O arqueiro zen, com o arco e flecha armado, faz a pontaria no alvo e consegue abstrair tudo em volta, inclusive a sua própria existência. Assim, a mão jamais treme: a mente treinada suprime tudo e, no universo, restam apenas o seu olho e o alvo; a flecha será guiada pelo olho. Depois de longo treinamento mental, a mão obedecerá o comando mecânico do cérebro, sem a interferência da vaidade, do desejo de vencer, do medo de perder e de outras aflições que embaraçam a vida – e a flecha, certeira, sempre acertará o alvo.

Anonymus, depois de ler Herrigel, diz que tem feito grandes progressos no uso da técnica zen. A média de acertos subiu para dois ovos fritos perfeitos, a cada três tentativas. Já é melhor do que a média de Valdomiro.

Isso não é pouca coisa.

No livro *100 experiências culinárias para se ter antes de morrer*, de Stephens Downes, há epifanias culinárias do tipo pepino-do-mar e lábios de tubarão em óleo de cenoura, arenque em óleo no Grand Colbert, cassoulet de Castelnaudary, pombo de Pettavel, fava com alcachofra, mas também há lugar, entre as cem experiências para se ter antes de morrer, para ovos cozidos e batatas fritas, veja só.

Entre os manjares supremos, lá estão o que o autor chama de "batatas fritas perfeitas" e para um prosaico e insólito ovo cozido, simplesmente um ovo cozido. Batatas e ovos que aparentemente qualquer mortal poderia produzir facilmente.

Vale a pena se demorar sobre esses dois itens selecionados com graça pelo autor, para ver que não é bem assim.

Começando pelos ovos: "O que os ovos cozidos estão fazendo entre pratos de preparo tão mais complicados?" – pergunta Downes, justificando a seguir: "se você cozinhar um ovo corretamente, o resultado é divino". As instruções para chegar à divindade, como sempre ocorre nas certezas confirmadas, foram retiradas de um manancial precioso: "um livro de culinária muito antigo, mas confiável", que Downes não identifica, mas afirma ser sua bíblia pessoal para técnicas tradicionais.

Esse evangelho de forno e fogão recomenda três alternativas possíveis: 1) colocar os ovos gentilmente em água fervente e cozinhar em fogo baixo por dois a três minutos, retirando-os da água imediatamente; 2) colocar os ovos em água fervente com sal, cobrir a panela, tirá-la do fogo e deixar os ovos cozinhando abafados por quatro a cinco minutos; 3) ou colocar os ovos em água fria com fogo médio e retirá-los do fogo quando a água ferver.

Além disso, existem duas preliminares intransponíveis: usar os ovos mais frescos que for possível e, antes da delicada operação de cocção, deixá-los à temperatura ambiente.

Lembre-se que ovos retirados diretamente da geladeira para o calor do fogão estão na raiz de fracassos culinários inesquecíveis.

Sobre "batatas fritas perfeitas" Downes se demora em preciosos detalhes que podem ser sintetizados também em algumas providências básicas. As batatas devem ser descascadas momentos antes da fritura; o óleo deve estar quente a ponto de fumegar; a reutilização do óleo é limitada a poucas vezes; as batatas devem ser fritas uma vez rapidamente, retiradas do óleo para descansar e então fritas pela segunda vez para finalização.

Aí chega o momento definitivo da degustação, quando é fácil saber o que é uma batata frita perfeita:

A superfície da batata deve ser de um tom dourado moreno e extremamente crocante. Tão crocante, mas tão crocante, que você seja capaz de partir a batata como se ela fosse um graveto. Por dentro, a textura deve ser macia e cremosa. Se a batata for realmente magnífica, o seu interior dará a impressão de uma nuvem fofa.

Tia Nastácia, Borges e Cartier-Bresson

Anonymus Gourmet considera Tia Nastácia, a legendária personagem de Monteiro Lobato, uma referência fundamental na história da gastronomia brasileira. Multidões de jovens leitores aprenderam a respeitar a excelência de pessoas simples na cozinha graças a Tia Nastácia.

Anonymus insiste que a homenagem a Dona Benta (e não a Tia Nastácia) no título do livro de culinária mais tradicional do Brasil só pode ser compreendida como celebração do racismo brasileiro. A imortal Tia Nastácia, do *Sítio do Pica-Pau Amarelo* dos livros de Monteiro Lobato, uma negra filha de escravos, mal balbuciava algumas frases, e com certeza não juntava as letras para escrever duas sílabas, mas a deslumbrante galinha de cabidela que ela preparava seria missão impossível para Dona Benta, que, com toda a sua erudição, tinha relações de mera cortesia com a prática culinária.

Nastácia não tinha curso de cozinha, não podia ler uma receita, mas a excelência de seus quitutes conquistou os apetites da família: ela derrotou o racismo cordial com a militância diária no fogão e o conhecimento adquirido pela constância. Mas, acima de tudo, o instinto, descobrindo os mistérios das panelas e os sortilégios do forno.

Às vezes nos perguntamos por que certos manjares preparados por velhas cozinheiras iletradas arrebatam nossos estômagos e corações, superando requintadas elaborações de *chefs de cuisine* com diplomas de mestrado na Toscana ou na Califórnia.

A resposta é a palavra favorita de Anonymus Gourmet: intuição. Essa qualidade mágica, misturada com a experiência, produz receitas inesquecíveis – "e também vitórias militares, decisões amorosas, escolhas profissionais acertadas e tudo o mais", afirma Anonymus que sempre acreditou no instinto e na primeira impressão.

O fotógrafo Henry Cartier-Bresson acreditava que, na feitura de um retrato, a primeira impressão geralmente era a boa. A foto que ele fez, no instante em que conheceu Marilyn Monroe, ficou eterna porque comove pela ternura, pela ironia e pela excelência da composição.

Marilyn estava sentada, quando entrou Cartier de Leica em punho.

"Foi um olhar à máquina e outro a Cartier-Bresson", lembra Pierre Assouline, que testemunhou a cena. "Cartier foi rápido e fez uma reverência a ela: 'Você gostaria de me conceder sua bênção?' Marilyn esboçou um sorriso malicioso e pronto..." Ficou eternizado o instante daquele sorriso aberto, quase uma linda risada, um instante decisivo captado num clic, no puro instinto.

Borges escreveu que "é mais fácil enganar-se raciocinando do que se enganar intuitivamente". Explicava que o raciocínio lógico é uma cadeia de muitos elos: "se falhar um elo mais fraco, a cadeia se rompe". Em contrapartida, "a intuição é um ato único".

Sem nenhuma dúvida foi o princípio geral que comandou a vitoriosa cozinha do *Sítio do Pica-Pau Amarelo*. Tia Nastácia jamais recorreu ao raciocínio lógico ou a fundamentos teóricos: ela sabia, intuitivamente, o ponto exato de seus refogados irresistíveis.

Doce de ovos moles, sempre!

Anonymus Gourmet, que ainda hoje lê autores esquecidos, acha graça da frase de Talleyrand: "Música no jantar é sempre uma traição: ao maestro ou ao cozinheiro". Acha graça, mas discorda amavelmente, porque adora jantar acompanhado por um vinho de boa data, ao som de Schubert ou de um grande saxofonista de jazz – dependendo do cardápio.

O jazz ajuda a comer, beber e escrever. Lobo Antunes diz que aprendeu a escrever com os saxofonistas de jazz, principalmente Charlie Parker, Lester Young e Ben Webster, o Webster da fase final, de Atmosfera para Amantes e Ladrões, "onde se entende mais sobre metáforas diretas e retenção de informação do que em qualquer breviário de técnica literária".

Lobo Antunes lembra que Lester Young começou por tocar bateria. Depois, um crítico perguntou-lhe por que mudou da bateria para um instrumento de sopro e Lester Young explicou:

"Sabe, a bateria é complicada. No fim dos concertos, quando acabava de desarmá-la, já todos os colegas se tinham ido embora com as garotas mais bonitas."

O fato de desejar ter também garotas bonitas levou-o, entre outras obras-primas, a *These Fooling Things* onde, segundo Lobo Antunes, "cada nota parece o último suspiro de um anjo iluminado".

Na hipótese de Schubert ao jantar, Anonymus não escolhe: abandona-se à Royal Philharmonic Orchestra, regência de Jonathan Carney, com Ronan O'Hora ao piano. Em qualquer hipótese, na sobremesa, doce de ovos moles, sempre!

Depois da sobremesa, num desses jantares frugais, já com o *Allegro Giusto* sonando, Anonymus recordou Schubert, num trecho do *Livro de San Michele*, de Axel Munthe (outro esquecido), antigo best-seller da gloriosa Coleção Catavento, da Editora Globo, edição de 1959, tradução de Jaime Cortezão:

> Schubert tinha dezenove anos quando compôs a música para o Erlkönig de Goethe e enviou-lha com uma humilde dedicatória. Nunca perdoarei ao maior poeta dos tempos modernos o não ter enviado uma palavra de agradecimento ao homem que imortalizou o seu poema. O gosto musical de Goethe era tão mau como o seu gosto artístico. Schubert não viu nunca o mar, mas nenhum compositor, nenhum pintor nem poeta algum, salvo Homero, nos fez compreender como ele, o seu calmo esplendor, o seu mistério e as suas cóleras. Tinha trinta e dois anos quando morreu na maior miséria, como tinha vivido. Nem sequer possuía um piano. Depois da morte, todos os seus bens terrestres, as roupas, os poucos livros e a cama, foram vendidos em hasta pública por sessenta e três florins. Numa maleta velha debaixo da cama, foi encontrada uma porção de canções imortais que bem mais valiam que todo o ouro dos Rothschild da sua Viena, onde viveu e morreu.

O cardápio favorito do Anonymus

O programa de um banquete, escreve a escritora inglesa Margaret Visser, tem um nome francês, *menu*, que vem do latim *minor* ou *minutus*: dá os detalhes do desempenho, como o fazem as atas de uma reunião, mas os dá profeticamente, antes que comece o ato de comer.

Os menus, segundo Margaret, são "dispositivos corteses", porque capacitam os convidados a avaliar quanto, de tudo que lhes será oferecido, eles poderão comer. Foram usados desde o início pelos primeiros restaurantes, na Idade Média, como uma lista das possibilidades disponíveis e como forma de propaganda.

Embora menu seja aceito como galicismo incorporado pelo Aurélio, está consagrado o nosso brasileiríssimo *cardápio*, que, segundo o próprio Aurélio, é uma mistura que vem do latim *charta* ("papel") + *dapum* (que apesar de eventual sugestão de mau gosto, vem de *dapes*, "iguarias"). Hoje, cardápio é virtual, sinônimo de escolha de uma refeição, e ganha sentido amplo: até trailers de cachorro-quente ou de xis têm cardápio ou menu. O criador do magnífico dicionário Aurélio, o mestre Aurélio Buarque de Hollanda, diga-se, era um comilão emérito.

Anonymus vasculhava esses significados tentando enfrentar, ou talvez fugir, da questão apresentada por Miss Taylor para sua tese de formatura no curso de jornalismo por correspondência:

"Qual o cardápio favorito de Anonymus Gourmet?"

O que será que os colegas e professores de Miss Taylor aguardavam? Camarões gratinados? Bacalhau ao forno? Botanitas? Espumas? Alguma especialidade da cozinha japonesa? Ou, quem sabe, *escargots*?

Quando hesitava entre o que ele chama de "essas saborosas insinceridades", Anonymus lembrou de uma frase de outra escritora também fascinada pela boa mesa, MFK Fischer:

"Quase todas as pessoas têm alguma preferência inconfessável em matéria de comida."

E decidiu contar a verdade, arrostando as incompreensões:

"Quando chega a hora do sacrifício" – escreveu Anonymus a Miss Taylor – "para decepção de muita gente, digo com orgulho que meu cardápio favorito é arroz, feijão, salada e bife..."

Como uma espécie de respaldo científico a essa prosaica escolha, diga-se que, alguns anos atrás, a Sociedade Brasileira de Endocrinologia e Metabiologia lançou a campanha *Vamos salvar o nosso arroz com feijão*, alertando que a alimentação dos brasileiros está ameaçada por uma enxurrada de alimentos e práticas alimentares estranhas, que se dividem entre as que engordam demais como os famigerados xis ou, no outro extremo, dietas mirabolantes para emagrecer.

Os médicos garantiam: não há dieta melhor para a saúde e para o peso do que arroz, feijão, salada e bife.

"Mas a escolha" – confessa Anonymus – "embora reforçada por essas motivações científicas, tem mais a ver, simplesmente, com o gosto. Foi a primeira comida, depois do leite, que minha mãe me ofereceu."

A vitória da cuca com linguiça

Naquele momento de grande apetite, no fim do dia, logo depois de uma dura jornada de combate pela vida, imagine a emoção e o prazer das papilas gustativas ao saborear um "esférico de gorgonzola e iogurte", ou quem sabe deliciar-se com "abacaxi liofilizado" ou "moeda de poejo" (elaborado, segundo dizem, com "kappa", carboidrato extraído de algas vermelhas). E o "caviar de pêssego"? O que lhe parece? São delícias da alta gastronomia! Anonymus Gourmet confessa que tem dificuldade diante de tanta originalidade.

Anonymus escolheu o mundo cheio de aromas e de texturas irresistíveis dos refogados capitosos, que sobem à cabeça, que entontecem e embriagam. Esse mundo de sensações intensas e apetites muitas vezes inconfessáveis é uma campina dos iguais, feita de carnes, legumes, frutas capitosas, vegetais frescos, massas; um mundo em que os alimentos podem ser consumidos crus, ou fritos, ou cozidos, ou assados – mas jamais "liofilizados". Um mundo em que um feijãozinho bem temperado, uma carne assada ao ponto, ou até mesmo uma salada bem colorida têm o seu valor.

Anonymus Gourmet, que, mesmo à mesa, gosta da segurança das categorias cartesianas, acredita que o mundo dos sabores, "numa primeira abordagem", divide-se entre salgados e doces, nessa ordem. Com a aceitável exceção ecumênica dos alemães, que gostam de misturar doce com salgado.

Nesse sentido Anonymus reconhece que poucas emoções são comparáveis à cuca tradicional coberta de farofa de açúcar, consumida com linguiça defumada, que é servida numa aprazível padaria existente na entrada de Santa Cruz do Sul. Não por acaso, ao lado da padaria está o açougue que produz a linguiça soberba.

Quando a cuca recém-saída do forno forma um sanduíche com a linguiça defumada, ocorre um momento de esplendor: essa combinação inspirada é uma contribuição decisiva da colonização alemã à mesa do Rio Grande do Sul.

Anonymus, como "o noviço que esfrega as lajes do claustro" do verso imortal, há tempos curvou-se diante da audaciosa combinação da cuca com linguiça. Foi a capitulação incondicional do radical da cautela.

Mesmo assim, como um guerreiro que, no cessar fogo, cedeu o último território possível, Anonymus passou o guardanapo nos lábios e ergueu a mão direita, irredutível:

"Cuca de uva com linguiça, vá lá que seja: podem abrir o portão do Forte e dar passagem, afinal é cozinha verdadeira. Mas, resistiremos até a morte ao esférico de gorgonzola e iogurte com abacaxi liofilizado!"

Requinte à mesa e alma límpida

Histórias de grandes triunfos, vitórias inesquecíveis e trajetórias pessoais irretocáveis provocam inveja e ressentimentos. Fracassos e derrotas, desastres e ruínas pessoais, no entanto, fazem brotar nossos melhores sentimentos. E despertam uma curiosidade solidária.

Por isso, o fracasso, em geral, rende boa literatura. E vende bem.

Um exemplo de fracasso bem-sucedido como literatura é o livro *Filme*, de Lillian Ross. Uma frase de Graham Greene define-o melhor do que uma resenha:

"É a descrição terrível de como um grande filme pode ser reduzido à incoerência pelo acanhamento e o analfabetismo dos chefes de estúdio."

A vítima, e também o herói, nessa reportagem em forma de romance é o grande John Huston, que foi o diretor do belo filme (*A glória de um covarde*) que veio a ser esquartejado pelos produtores.

No livro se percebe o quanto Huston foi extraordinário como cineasta, aventureiro e homem do mundo.

Mas ele foi também, afora esse fracasso magnífico, um ator extraordinário. O bandido Noah Cross, que criou em *Chinatown*, é soberbo, e ficará para sempre o almoço ao ar livre, onde Huston come com apetite e volúpia, diante de um constrangido J.J. Gites (Jack Nicholson). Guloso e excessivo, contracenando com o prato abarrotado de comida, Huston enfatiza a maldade do bandido, e faz pensar sobre boas maneiras.

Antonin Carême, que inventou o requinte da cozinha francesa, sutilmente associava as boas maneiras às boas pessoas. Isto é, o encontro entre pessoas que se querem bem, para o brinde e, na metáfora bíblica, para repartir o pão, expressa também uma categoria moral. Houve um santo que recomendava: "É preciso cuidar do corpo para que a alma se sinta bem nele. Por isso, é preciso comer bem. E comer bem deve ser uma cerimônia alegre, em torno da mesa, para manter a convivência e a condescendência que os homens devem uns para os outros".

O ritual da mesa não é, portanto, em princípio um privilégio das "elites". Mas é inevitável reconhecer que a gastronomia e a figura emblemática do gourmet se associam à elegância e à futilidade das aparências.

Mais do que isso. Nem sempre equilíbrio e contenção – ou bons modos e requinte à mesa – são garantias de almas límpidas. Anonymus Gourmet gosta de lembrar Alain Charnier, o gângster inesquecível vivido por Fernando Rey em *Operação França*, um filme dos anos 70. Nunca haverá outro bandido tão charmoso como o Charnier vivido por Fernando Rey. Suas ações criminosas eram concebidas em restaurantes cheios de glamour, diante de jantares de sonho, servidos em porcelanas assinadas, sob a guarda de borgonhas tintos imponentes. Deve ter sido constrangedor, para ele, enfrentar o tosco e incorruptível Popeye (Gene Hackman), que adorava hambúrguer, fritas e muita maionese.

Operação França parece se encaminhar para uma vitória do bom gosto sobre a virtude. Mas, o final é reconfortante. Popeye correndo pelo cais, no último lance desesperado e improvável de um esforço ingênuo, grita para o iate de luxo que singra as águas rumo à impunidade:

"Charnier!!!"

Fernando Rey se vira no convés, a sobrancelha erguida, o cavanhaque bem aparado sublinhando a expressão de superioridade, surpreso pela audácia do *tira* que ainda no dia anterior comia junk food de origem duvidosa, tiritando de frio na rua, de tocaia diante do restaurante onde ele, Charnier, degustava o melhor da boa mesa.

Talvez tenha ficado mais surpreso ainda pela pontaria certeira: um único tiro do velho 38 de Popeye derruba Alain Charnier, sua elegância, sua capacidade de compreender os melhores rótulos da Route des Vins, entre Baune e Dijon, sua sutileza em combinar os mais caros cognacs com charutos cubanos de capas impecáveis – e também todo o seu império de drogas pesadas e corrupção.

Éramos assim nos anos 70: acreditávamos na vitória do Bem sobre o Mal, mesmo quando o Bem não tinha bons modos à mesa.

A memória dos festins passados

Na França, existe uma confraria gastronômica que tem a cláusula pétrea: em seus jantares periódicos, só é permitido falar de comida. No mesmo espírito, Talleyrand dizia que, depois de apreciar a cor, o bouquet, o aroma de um bom vinho, o melhor é não bebê-lo – é preferível falar sobre ele. Baudelaire, com uma ponta de sarcasmo, propôs a substituição radical da realidade pela literatura: "Estou farto de restaurantes. Prefiro os livros de culinária!".

O escritor português Antônio Mega Ferreira considerava a conversa sobre comida uma garantia da felicidade à mesa: "Ao longo de décadas de devotado exercício gastronômico, quantas vezes minha conversa deslizou para o objeto do repasto! E sempre com elevados níveis de qualidade...". Ferreira deu-se ao valioso trabalho de reunir em livro textos e conversas de grandes e pequenos escritores sobre o prazer literário da boa mesa. Ele se rendeu a Jean-François Revel, autor de um clássico na matéria, *Un festin en paroles*, elegante defesa desse culto à retórica culinária, "que cria nos espíritos uma antecipação gustativa, fazendo de cada prato um discurso servido numa travessa".

O escritor Manuel Vásquez Montalbán, comilão emérito, dizia, a propósito, que o gourmet "nunca esquece o nome do morto". E enquanto o come faz menção expressa a ele, "seja javali ou alcachofra, e lembra de outros assassinatos e devorações anteriores, porque o prazer de comer deve vir acompanhado da memória dos festins passados".

Faz muito tempo que Anonymus Gourmet repete como um mantra dos devotos da boa mesa a insuperável experiência vivida pelo grande pintor espanhol Salvador Dalí, que se preparava para comer um preparado de fígados de gansos assado envolvido em massa folhada, o *pâté en croute*, quando o cozinheiro veio à mesa, cumprimentou o grande pintor, respeitosamente, e explicou que aquele patê tinha sido feito de forma meticulosa, em demoradas etapas e com requintadas minúcias, a partir de gansos escolhidos, criados com um método especial, segundo a tradição secular, usando técnica ensinada em sua família por sucessivas gerações de mais de duzentos anos, para que os fígados ficassem perfeitos. Enfim, até aquele *pâté en croute* chegar à mesa, fora uma longa sucessão de pequenos rituais visando à excelência. Salvador Dalí ouviu o cozinheiro atentamente. Depois, deliciado, degustou a iguaria bem devagar e confessou:

"Este mesmo patê, sem aquele discurso do cozinheiro, eu o teria engolido distraidamente. É preciso que me digam que um prato é excepcional para que minhas papilas gustativas estremeçam".

A GRAVATA TORTA

Os militantes e os turistas da cozinha

O que faz o cozinheiro é a militância, diz Anonymus Gourmet, que gosta de lembrar o exemplo luminoso de Tia Nastácia, a personagem inesquecível do *Sítio do Pica-Pau Amarelo*, dos livros de Monteiro Lobato. Filha de escravos, ganhou vida nos livros brilhando na cozinha do sítio, apesar de analfabeta e vítima de uma segregação maldisfarçada dos outros personagens e próprio autor:

"As negras velhas" – disse Pedrinho – "são sempre muito sabidas. Esméria, escrava do meu avô, sabia muitas histórias. Quem sabe Tia Nastácia não é uma segunda tia Esméria?" Por certo que, para ser um cozinheiro, não é indispensável ser analfabeto, nem descendente de escravos – embora o DNA dos africanos carregue um instinto milenar para temperos capitosos e molhos inexcedíveis.

Um livro encantador entrou de sola nesse debate: *O pedante na cozinha* é uma leitura que vale a pena. O autor, Julian Barnes, é um escritor inglês de prestígio (*O papagaio de Flaubert*, entre outros livros marcantes), que relata suas aventuras e desventuras de sofisticado cozinheiro amador. Em português (em inglês e em italiano também) a palavra "pedante" tem dois significados. No sempre consultado Aurélio, pedante é (1) aquele que "se expressa exibindo conhecimentos que realmente não possui; parlapatão, impostor, vaidoso, pretensioso". Noutro sentido, (2) é aquele que "ostenta erudição afetada e livresca; afetado, amaneirado, rebuscado". O pedante do livro de Barnes não é o parlapatão do primeiro significado e sim o rebuscado que ostenta erudição livresca. E a graça do livro são exatamente as dúvidas e naufrágios de um cozinheiro teórico, muito informado, diante das surpresas de um fogão da vida real.

Barnes despreza "o cozinheiro amador autodidata, ansioso e que faz cara feia para os livros de receitas", lembrando uma posição típica dessa prolífica fauna: "Ah, não leio receitas" – dizem eles. Ou então: "Leio receita só para aproveitar ideias". Certo, ótimo, mas vou fazer uma pergunta: alguém contrataria um advogado que dissesse: "Ah, eu dou uma olhada em algumas leis, mas só para aproveitar ideias"?

Também sobram estocadas para os chefs esnobes. Barnes diz que o pior prato que comeu na vida – "pior no sentido de me deixar mais indignado" – foi num restaurante francês cheio de estrelas em que o chef utilizava a "cozinha do instinto", desprezando as receitas: "naquela noite, a intuição dele o fez usar, sozinho, toda produção de vinagre do país, prato após prato". Por isso, acredita que os grandes chefs que falam demais merecem a sentença de Matisse: "Deviam cortar a língua dos artistas".

Com orgulho Julian Barnes afirma: "continuo a ser um cozinheiro que se baseia em textos" e confessa que não é competitivo, nem está interessado em saber se "cozinhar é ciência ou arte". Ele se conforma "se for um hobby como marcenaria ou reparos domésticos". Ao falar em hobby, Barnes aproveita para fazer uma maldade, dizendo que ficou surpreso "ao descobrir que a jardinagem, com todo aquele ar de serenidade anterior ao pecado original, é furiosamente competitiva, e quase sempre quem se entrega a essa atividade são os invejosos, os desonestos e os criminosos discretos"

Além dos cozinheiros militantes, Anonymus Gourmet destaca a presença de outra não menos importante e não menos respeitável categoria de frequentadores da cozinha: os turistas de forno e fogão, que "criam receitas na hora", misturando o que houver por perto do fogão: "Na cozinha, eu gosto de inventar!" – dizem esses modernos descobridores da pólvora.

Muitas vezes, reconheça-se que dessa espontaneidade resultam preparados interessantes. O menor dos males é que os turistas não lavam a louça e deixam o legado de uma bagunça indescritível ao titular da cozinha. A propósito, é bom deixar o detergente fora do alcance, para evitar o risco de um indesejável tempero extra na insondável combinação de ingredientes. Mesmo assim, Anonymus Gourmet não tem qualquer preconceito contra esses turistas da cozinha. Depois das primeiras tentativas, misturando alhos com bugalhos, muitos deles aderem à militância e a família agradece. Esquecidas as invenções, vem o fim dos lanches rápidos e do "vou comer qualquer coisa na rua", com a redescoberta de um dia a dia de refeições dignas.

Além de barato e divertido, ser o *private chef* da família vai aumentar sua cotação. Nada é mais importante do que um militante da cozinha em casa. Como dizia Owen Meredith:

"Podemos viver sem poesia, música e arte; podemos viver sem consciência e viver sem coração; podemos viver sem amigos, podemos viver sem livros. Mas as pessoas civilizadas não podem viver sem cozinheiros."

Escrever é dirigir um caminhão à noite, sem faróis

O então filho pequeno do Dr. Ernesto de Paula Guedes, em plena Disneylândia, foi acossado por um sobressalto depois de observar com atenção o desfile daqueles bonecos enormes que representam Mickey, Pluto, Pateta e outras figuras. E confidenciou gravemente:

— Pai, o Mickey não é de verdade, é um homem fantasiado. Mas o Pluto e o Pateta são de verdade.

Alberto Manguel lembra as perplexidades de Alice, chorando, tentando convencer a si mesma de que, ela própria, era "de verdade", gritando "eu sou real, sim!" e usando como prova suas próprias lágrimas. Se eu não fosse real, não seria capaz de chorar, dizia Alice meio rindo entre as lágrimas. Mas Tweedledum interrompeu-a de forma implacável:

— Espero que você não esteja pensando que essas lágrimas são reais, ou está?

O mesmo Manguel aponta a saída para esse tipo de perplexidade sobre o real e o irreal: as palavras. As palavras, diz ele, dão coerência ao mundo. Podemos concluir também que elas dão realidade às sensações. Por algum motivo, talvez por um gesto, ou quem sabe por uma palavra entreouvida, o filho do Dr. Guedes teve certeza de que o Pluto e o Pateta eram de verdade.

Descobrir o que é de verdade e o que apenas é fantasia foi o trabalho de uma vida do jornalista-escritor Gay Talese.

Quantas vezes, como o filho do Dr. Guedes, ele buscou a resposta para saber o que era verdadeiro, ou o que era apenas um farsante fantasiado – e sempre defendeu suas certezas e seus enganos com a mesma firmeza do menino.

As mais de quinhentas páginas do livro *Vida de escritor* de Gay Talese compõem uma sugestiva mostra dessa busca. O livro tem uma artimanha sutil: Talese aparentemente é carregado pelo fluxo da memória, como se escrevesse "ao correr da pena", encadeando os assuntos como um Proust que se deixasse levar pelas reminiscências fluindo livremente. Na verdade, ele trabalha com a memória rigorosa de anotações precisas, perspicácia e habilidade para estabelecer relações. O escritor-repórter Talese nos conduz aos fascínios e agruras de um ofício que o fez refletir sobre assuntos tão desconexos como uma final mundial de futebol feminino, o homem que perdeu o pênis, o racismo, a família, um prédio mal-assombrado, as sombras e luzes dos restaurantes, a Itália, a China e, sobretudo, a vida pulsante de "uma pessoa que observa os fatos à distância, adotando uma técnica narrativa aprendida na leitura de ficção". Talese se queixa que "escrever é como dirigir um caminhão à noite, sem faróis, errando o caminho". O caminhão, durante as mais de quinhentas páginas é pilotado com muita perícia, mas ele revela que, na apuração dos fatos, esses erros de caminho inevitáveis custam caro: "durante quarenta anos de minha carreira como escritor-pesquisador, investi pesadamente na perda de tempo".

Talese é um dos pais do chamado "novo jornalismo", atualmente já passando da meia-idade, pois ganhou notoriedade nos anos 50 ao tratar a notícia com a tinta da literatura. O que é jornalismo e o que é literatura? A única diferença substancial, que não se confunde com a questão da qualidade, é a permanência: em *Vida de escritor* usa todos os truques e, aos 77 anos, costura antigos textos e velhas histórias. O resultado é saboroso. O livro é uma peça poderosa e inteiriça, escrita pelo filho que se inspira no pai alfaiate:

"Ele fazia cada terno ponto por ponto, evitando o uso de uma máquina de costura, porque queria sentir a agulha em seus dedos ao trabalhar um corte de seda ou lã, e avançava a uma velocidade de lesma na costura de um ombro ou de uma manga. Se qualquer trabalho seu não alcançava o nível que ele definia como 'perfeito', punha-o de lado e recomeçava. Ele esperava criar a ilusão de uma roupa inconsútil, alcançar a expressão artística com agulha e linha."

Inconsútil – exatamente na definição dessa palavra, pelo Aurélio, se decifra o livro: "não consútil; sem costuras (diz-se especialmente da túnica de Cristo); feito de uma só peça; inteiriço".

Em seguida à apuração, escrever não é menos penoso: "produzo texto com facilidade comparável à de um paciente que expele pedra dos rins" – conta Gay Talese.

Por certo que nem todos sofrem tanto. Borges, a pedido do seu editor Carlos Frias, diretor-editorial da Emecê Editores, de Buenos Aires, contou com certa alegria que "sem propor-me a princípio, consagrei minha longa vida às letras, à cátedra, ao ócio, às tranquilas aventuras do diálogo, à filologia, que ignoro, ao misterioso hábito de Buenos Aires e às perplexidades que não sem alguma soberba se chamam metafísica". E revelou alguns de seus truques:

"O tempo ensinou-me algumas astúcias: evitar os sinônimos, que têm a desvantagem de sugerir diferenças imaginárias; evitar hispanismos, argentinismos, arcaísmos e neologismos; preferir as palavras habituais às palavras extravagantes; intercalar num relato rasgos circunstanciais, exigidos agora pelo leitor; simular pequenas incertezas, já que se a realidade é precisa a memória não o é; narrar os fatos (isto aprendi em Kipling e nas sagas da Islândia) como se não os entendesse totalmente; recordar que as normas anteriores não são obrigações e que o tempo se encarregará de aboli-las."

A propósito de truques e astúcias, Nelson Werneck Sodré recolheu as artimanhas de Konstantin Paustovsky, que também "expelia pedras dos rins" para escrever:

"Uma comparação deve ser precisa como uma régua de cálculo e natural como o perfume do feno. Sim, esqueci de dizer que, antes de eliminar as escórias verbais, divido o texto em frases ligeiras. O mais possível de pontos! Essa é uma regra que incorporaria em lei do Estado, para uso dos escritores. Cada frase corresponde a um pensamento, a uma imagem, não mais. Assim, não tenha medo dos pontos. Talvez minhas frases sejam muito curtas. Isso se explica, em parte, pela minha asma. (...) Esforço-me para banir do manuscrito quase todos os particípios e gerúndios, e não deixo senão os mais indispensáveis. Os particípios tornam a língua angulosa, sombria e matam a melodia. Rangem como carroças que rodam sobre um piso de pedras. Empregar três particípios numa frase leva à morte do estilo... O gerúndio é, apesar de tudo, mais ligeiro do que o particípio. Confere, às vezes, à língua algo de aéreo. Mas o abuso do gerúndio a torna flácida e esganiçante. Considero que o substantivo não exige senão um adjetivo, o melhor escolhido. Só um gênio pode se permitir dois adjetivos para o mesmo substantivo. Em prosa, o traço deve ser firme e nítido como uma gravura."

Essa receita tem tudo a ver com os truques de Borges – evitando sinônimos e preferindo palavras habituais, entre outras astúcias confessadas – e de Gay Talese – construindo textos sem costuras aparentes como fazia seu pai com os ternos – expelindo as pedras que vestirão com graça e elegância suas histórias.

Depois de horas nesse suplício, "diariamente, quase sempre sem domingos", Talese tem encontrado distração jantando fora em restaurantes movimentados, que não por acaso são cenários centrais do livro: "extensões do proscênio, palcos de tramas e improvisações, de encontros românticos e relacionamentos ilícitos". Nessas incursões cotidianas, Talese acredita ter descoberto os ingredientes secretos de todos os restaurantes: "Esperança, confiança e otimismo. A esperança de que as pessoas gostem do que é servido. A confiança em que reconheçam o trabalho e paguem a conta. E o otimismo de supor que o investimento seja compensador e recompensador, não só aos donos do restaurante".

Na verdade, são os mesmos ingredientes que o obstinado Gay Talese utilizou para produzir o esplêndido livro *Vida de escritor*.

A conversa fiada da boa mesa

Você sabe o que são botanitas? ou uma brunoise? ou um concassé? São termos complicados e inacessíveis à maioria das pessoas, que muitos restaurantes adoram apresentar em seus cardápios. É um exercício de autoridade de certos chefs que, assim, fazem o consumidor se sentir um perfeito ignorante.

Nas cidades onde a complicação dos cardápios chega ao paroxismo, já faz algum tempo que os jornais começam a ridicularizar esse esnobismo.

Como se fosse uma vergonha não saber que botanitas é o nome dado aos petiscos no México. Eu mesmo só fiquei sabendo o que era porque fui ao dicionário.

Concassé, em francês, não passa de uma mistura de vegetais cortados, geralmente tomates. Brunoise, palavra francesa que consta em muitos cardápios, e a maioria dos fregueses engole em seco, com medo de pedir a tradução ao garçom, é simples: brunoise é o corte em cubos de três milímetros mais ou menos: ou seja: apesar do nome empolado brunoise não passa do velho e bom picadinho.

A boa mesa, na verdade, se presta a muita conversa fiada. Quase sempre é para enganar ou impressionar fregueses.

Foi o caso de Talleyrand, recolhendo os cacos do orgulho francês, depois da derrota de Napoleão em Waterloo, tentando ampliar o apoio à coroa, no século XIX.

Talleyrand, o príncipe dos diplomatas, que dominava a mágica da boa mesa, conseguiu o surpreendente apoio da oposição ao rei Luís XVIII, num jantar com o terrível Fouché, o homem rude e vulgar que comandou o terror na Revolução Francesa. Talleyrand serviu-lhe um vinho extraordinário e Fouché, sem compreender o tesouro que tinha na taça, preparou-se para beber de um trago, como aguardente.

Com a maior elegância possível, Talleyrand interrompeu-o, segurando seu braço:

"Este vinho deve ser, antes de tudo, saboreado com o olhar. Observe o matiz púrpura!"

Fouché suspirou:

"E depois?"

"Depois, o olfato: sinta o suave aroma de frutas silvestres..."

Fouché exasperou-se:

"Tudo bem... E depois?"

Tailleyrand continuou imperturbável:

"Deixe a taça na mesa, sem tocá-la e em silêncio."

Fouché chegou ao limite da ansiedade:

"E agora?!"

Talleyrand, solene, completou:

"Agora, fala-se sobre o vinho."

A gravata torta do vagabundo celeste

A gravata e a roupa, sempre, em todos os tempos, ocultaram a desfaçatez – mas também sublinharam virtudes.

Anonymus Gourmet, que usa gravata borboleta, gosta de lembrar a censura de Fradique Mendes, o mais encantador dos personagens de Eça de Queiroz, numa carta ao seu alfaiate, o bom Sturmm, por lhe ter cortado uma casaca que "assenta tão bem nas costas de uma cadeira de pau, como nas costas do Comandante da Guarda Municipal, ou nas de um filósofo, se houvesse algum nestes reinos".

O que queria Fradique Mendes:

"Eu desejava que essa casaca me mostrasse a Lisboa como sou: reservado, frio, cético e inacessível aos pedidos de meias-libras."

O casaco está para o homem como a palavra para a ideia, exaltava-se Fradique, que esperava algo que ressaltasse suas qualidades e disfarçasse seus defeitos:

"Os alfaiates ingleses talham certas sobrecasacas longas e retas, que emanam virtude por todas as costuras, justamente para esconder a velhacaria de quem as veste!"

Lanvin, um dos homens mais elegantes do século XX, modelo de discrição e sobriedade, que nunca se confundiu com velhacos engravatados, resumiu seu estilo pessoal a um repórter:

"De gravata, sempre. Exceto na praia."

As gravatas podem ser de seda ou de poliéster, escuras ou escandalosas, com nó Duque de Windsor ou borboletas –

e, seguidamente, pendem do pescoço de gente digna e nobre. Lobo Antunes recorda alguém assim, o homem que iluminou sua vida, de gravata torta e casaco amassado:

"Charlie Parker... Esse pobre, sublime, miserável, genial drogado que passou a vida a matar-se e morreu de juventude como outros de velhice. Cresci com um enorme retrato dele no quarto. Usa uma gravata torta e um casaco amassado, e poucas pessoas estiveram tão perto de Deus quanto esse vagabundo celeste."

Vinho, além de tudo, emagrece?

Anonymus Gourmet, que adora frequentar os locais simples, convivendo com as pessoas mais variadas, teve um sobressalto dia desses, num balcão da realidade, onde saboreava pacificamente uma empada digna de um poema, acompanhada por um chope merecedor de uma ária tropical. O sobressalto foi causado por um garçom que berrou ao rapaz do balcão: "Salta uma loira bem suada!". Afora o duvidoso bom gosto do berro, uma questão prática: o dia era relativamente frio. Como fazer a loira suar? Por sorte, a loira suada era uma metafórica cerveja estupidamente gelada.

A cerveja está em alta. Em Granada, no sul da Espanha, um grupo de médicos, cientistas e especialistas em nutrição chegou à conclusão que "a ingestão moderada de cerveja após o exercício físico favorece a reidratação dos atletas sem prejudicar suas capacidades psicocognitivas". Ingestão moderada significa, em bom português: sem deixar o atleta borracho.

E, como se não bastasse, diz a notícia da agência EFE:

"Os médicos de Granada recomendaram incluir a cerveja na dieta diária dos atletas, e ressaltaram as propriedades antioxidantes da bebida, que também favorecem o sistema cardiovascular."

Um certo Juan Antonio Corbalán, cardiologista, assegurou que a cerveja é "excelente" para hidratação após o exercício físico: "é a primeira bebida para o atleta, após a água" – disse ele.

Enquanto isso, o vinho tem o reconhecimento de novas virtudes. Além das dezenas de qualidades sempre reiteradas, uma pesquisa da Escola Médica de Harvard chegou a conclusões preliminares de que "substância presente no vinho inverte efeitos da obesidade e elimina problemas de saúde ligados ao consumo de dieta muito calórica".

Em bom português: parece que o vinho, além de tudo, emagrece.

Um coelho estufado em versos

Anonymus Gourmet pensou em se exilar do Pampa bravio naquela semana. Enquanto o frio, a chuva e as nuvens de chumbo desabavam sobre nossas cabeças, o Globo Repórter mostrava imagens luminosas da chegada do verão ao interior da França, numa reportagem sobre novos costumes alimentares do país.

A liderança francesa em matéria de boa mesa, como se sabe, começou na Idade Média, quando a Inquisição perseguia os pecados capitais, muito especialmente a gula e luxúria. Gordos, bondosos e influentes bispos e padres que fechavam um olho para a luxúria e perdoavam o pecado da gula, tratando-o como um pecadilho amável, foram decisivos para a hegemonia da França nessas duas disciplinas sensuais tão próximas.

Na Europa inquisitorial frades esquálidos erguiam seus punhos magros e crispados ("A mão direita contraiu-se, os dedos crisparam-se como se apertassem o cabo de uma arma pronta a ser brandida na luta..." – no texto de Afonso Arinos), enquanto a França tornou-se uma ilha protegida, onde a mesa sempre foi um lugar de entendimento e compreensão, onde os prazeres devem ser desfrutados com alegria.

A reportagem mostrou mulheres magras pelas ruas e à mesa, desfrutando de vinho, pão, molhos apetitosos e boas risadas.

A sugestão faz sentido: o prazer não engorda; o que engorda é o fast-food e a aflição. A Lisboa moderna, por exemplo, se mistura com a velha Lisboa, com um olho na França de sempre. Restaurantes se abrem por toda a parte, recriando os prazeres da boa mesa. Dois queridos amigos, Luiz Mór e Rosane, que colecionam endereços exclusivos, levaram Anonymus Gourmet a um desses lugares especiais: um pequeno restaurante que comprova os encantos da diversidade ecumênica. Na velha Lisboa do Poleiro, do Manoel Caçador, do Antigo 1º de Maio, e outros tantos templos da velha e boa tradição portuguesa, há espaço para deliciosas novidades. O pequeno restaurante no Bairro Alto tinha um conceito pouco usual: restaurante e champanheria.

"Na morada de um antigo queijeiro, nasceu este espaço intimista, com decoração a condizer", explicava Mór, com o sotaque de Cachoeira do Sul já salpicado do som lisboeta. A "ementa" tinha a boa base mediterrânea e uma rica carta de champagnes e vinhos espumantes. O menu incluía vieiras, ostras do Sado, foie-gras, ovos com trufas, mexilhões frescos, "enchidos de porco bísaro" e vários risotos. Anonymus Gourmet, em dia de peixe, lançou-se, com sucesso, ao pregado ao forno com arroz cremoso de algas e berbigão; Rosane, na melhor homenagem à casa, escolheu risoto de champagne; Mór, como a Páscoa estava já distante, escolheu o coelho – mas, que coelho! A apresentação e o sabor, segundo Mór, era à altura do texto no cardápio, quase um verso alexandrino: "coelho estufado em vinho e tomilho fresco com favinhas guisadas, chalotas e nabos corados".

Nunca existiu cozinha francesa?

Josep Pla, antes de morrer aos 84 anos de idade, escreveu em catalão os 46 volumes de sua *Obra completa*, que abrange viagens, aventuras, crônicas e, sobretudo, gastronomia, em textos redigidos numa prosa irresistível. *El que hem menjat* é o título em catalão de seu livro mais conhecido, que numa tradução bem livre seria algo como "O que temos comido", disponível pela internet no site de Ediciones Destino (www.edestino.es), em tradução espanhola (*Lo que hemos comido*).

Manuel Vázquez Montalbán, brilhante escritor espanhol (e catalão) do século passado, escreveu que Josep Pla, como apaixonado da boa mesa, tinha a virtude de "se pronunciar a favor dos sabores que fossem os mais próximos da nudez natural das matérias-primas".

Josep Pla, nesses "pronunciamentos", sempre afirmou posições polêmicas, quase sempre ditas com certa graça:

> A cozinha nacional francesa jamais existiu. A cozinha francesa é a que servem nos vagões-restaurantes dos trens expressos. O que existe na França são as cozinhas regionais, que o povo elaborou em lugares concretos com produtos autóctones. (...)
> É inquestionável que a cozinha caiu de qualidade em toda parte. Em definitivo, tudo está se industrializando. O gosto das coisas é outro. A cozinha, como arte da lentidão, da moderação, da paciência e da calma, está em extinção. Eu gostaria de saber se é possível fazer algo de bom neste mundo, que não seja com base na observação e na calma. (...)
> Meu ideal culinário é a simplicidade, compatível em todo momento com um certo grau de "sustância" e consistência. Peço uma cozinha

simples e leve, sem nenhum elemento de digestão pesada, uma cozinha sem taquicardias. O comer é um mal necessário e, portanto, vamos torná-lo agradável.
Sempre acreditei que a mesa é um elemento decisivo de sociabilidade e de tolerância. Gosto das nossas coisas, sobretudo se são comuns e simples, limpas e impecáveis.
 Nunca cheguei a compreender exatamente por que motivo o exótico, simplesmente pelo mero fato de ser exótico, tenha que ser necessariamente adorável.
A nossa velha cozinha familiar é, em definitivo, a única que vale a pena...

Grande Pla! Como se dizia no tempo infelizmente perdido em que se cultivava a "arte da lentidão e da moderação": se você não existisse, seria preciso inventar-te.

Chorar o champagne derramado

Beber champagne em Paris, diz Anonymus Gourmet, é como ingressar num devaneio, que mistura vida real, sonhos, lendas e delírios. "Quando abro uma garrafa de champagne, é como se abrisse uma porta para Paris..." – murmura Anonymus, enquanto observa a *perlage* das borbulhas subindo.

O devaneio de Anonymus faz sentido: Paris cabe numa garrafa de champagne. Especialmente por dois motivos. Primeiro: nenhuma bebida jamais conseguiu simbolizar melhor a lenda da cidade mágica da festa e dos sonhos impossíveis. O segundo motivo não é uma lenda simbólica, é uma coincidência assombrosa: dizem que o vinhedo da região de Champagne tem exatamente a superfície da capital francesa.

Dizem também que certa manhã, em 1840, chegou a Paris uma carta destinada "Ao maior dos poetas franceses". Os funcionários do Correio se dividiram: entregar a carta a Musset? Ou a Lamartine? Ou a Victor Hugo? Abriram o envelope para conferir, mas o poeta era outro: a carta era uma encomenda dirigida a um produtor de champagne. Desde aquela época o cálice borbulhante da bebida dourada tem o encanto de um verso.

As borbulhas teriam sido a obra involuntária de um monge, Dom Pérignon, que, desastradamente segundo essa versão folclórica, girou garrafas que descansavam, ativando o gás carbônico, e produzindo assim a espuma tão valiosa. Na verdade, além de uma imprecisão histórica, essa versão é uma injustiça, porque o gesto de girar as garrafas na adega não teve nada de involuntário, nem de desastre. Dom Pérignon não era em absoluto um curioso desajeitado a bisbilhotar em garrafas adormecidas. Ele foi um enólogo ilustre, talvez um dos maiores do século XIX. Aquelas borbulhas, que o folclore atribui a uma inesperada casualidade, na verdade foram resultantes de experimentos pacientes e obstinados, a que o monge dedicou a vida inteira.

As melhores lembranças de Rick, no filme *Casablanca*, são regadas a champagne, em Paris. Os nazistas chegando, o mundo ruindo e, olhando da janela, Rick e Ilse, o melhor de Bogart e de Ingrid Bergman, jovens e apaixonados, os estrondos dos canhões ("são tiros ou é o meu coração que dispara?..." – murmura Ilse), os cálices borbulhantes de champagne, o piano de Sam.

Rick anuncia que a ideia é beber o que for possível. E as garrafas que sobrarem?

Devem ser quebradas, para que os nazistas fiquem com sede – decide Rick, impávido.

Anonymus Gourmet, que assiste *Casablanca* no mínimo duas vezes por ano, como "dose terapêutica para não perder as ilusões", até hoje sofre diante dessa decisão extraordinária de Rick, "porque dói imaginar as garrafas sublimes de Dom Pérignon, Cristal, Krug, Pol Roger se espatifando diante dos tanques de guerra".

Trata-se de um dilema moral. Por um lado a admiração de Anonymus por Rick, "defendendo Paris do nazismo até o último gole". Mas também, a trágica imagem do tesouro líquido se escoando entre as pedras da rua. De qualquer forma é de chorar o champagne derramado.

Uma delícia dos antigos colonos

Na simpática cidade de Carlos Barbosa, numa certa noite agradável da Serra Gaúcha, o restaurante Alambique, sob o comando impecável do João Fabrin (com o apoio vigilante da Chica), comprovou mais uma vez a verdade do ensinamento de Curnonsky: "Na culinária, como em todas as artes, simplicidade é o sinal da perfeição." Maurice Edmond Sailland, conhecido por Curnonsky, foi eleito o "Príncipe dos Gastrônomos Franceses" em 1927, num reconhecimento ao seu imenso talento de homem de letras colocado a serviço da boa mesa.

A lembrança desse príncipe eleito é pertinente porque ele, por certo, trocaria parte do seu reino por algumas horas naquela mesa inesquecível do Alambique em que Clovis Tramontina reuniu alguns amigos queridos para comemorar os trinta anos de atividades do Anonymus Gourmet. A primeira surpresa da noite foi o presente de aniversário deslumbrante: cinco pequenas esculturas formando com perfeição as figuras de integrantes de um conjunto musical – baterista, pianista, violoncelista, guitarrista e saxofonista magicamente feitos de garfos de aço inox retorcidos! Obras-primas do Dr. Mario Bianchi e do Luis Antonio de Camargo, mostrando do que são capazes em talento e gentileza os artífices da Tramontina.

O segundo ato ficou por conta dos artífices da cozinha do Alambique. Com o testemunho ilibado do jornalista Agostinho Facchini, desfilaram pela mesa encantamentos capazes de fazer Curnonsky despertar de seu túmulo do Père Lachaise: filés a parmigiana de sonho; picanhas na chapa inexcedíveis; filés grelhados com o ponto exato (medição eletrônica?); polentas campeãs de todas as categorias: mole, frita, brustolata e recheada; batatas fritas sequinhas e crocantes feitas de batatas descascadas minutos antes; travessas fumegantes de macarrão com certificado de origem; tudo guarnecido por coloridas bandejas de frutas, verduras e legumes.

O banquete parecia perfeito e completo, quando Clovis advertiu que o melhor estava por vir, e pediu ao João: "Traga a fortaia, por favor". Fortaia é uma delícia dos antigos colonos que o Alambique confecciona com talento especial: uma mistura de ovos mexidos com queijo, em que a escolha dos queijos e a mão que mistura os ovos transformam numa preparação divina. O curioso é que o João, com aparente mau humor, reluta em servi-la. Mas, em minutos, chegou a fortaia, e o fantasma de Curnonsky foi percebido pairando com sua bênção sobre aquele amável festim. De uma mesa do lado, alguém bradou, na fronteira da grosseria: "Também quero uma fortaia igual". João foi polido, mas sincero: "Aquela ali é só para quem tem fábrica com mais de cinco mil funcionários".

Não existe curso para general

O especialista em vinhos e boa mesa, cozinheiro, gourmet e, sobretudo, boa gente Danio Braga fica espantado quando alguém fala que está fazendo curso de chef de cozinha:

"Não existe curso de chef de cozinha!" – diz ele entre perplexo e indignado.

"Mas os cursos estão aí, prosperando" – provocou Anonymus Gourmet, numa mesa do restaurante Orquestra de Panelas, quando ambos enfrentavam um glorioso bacalhau feito na chapa.

Danio, cuja família começou a cozinhar em 1454, continuou inconformado:

"Não existe curso para general, assim como não existe curso para chef de cozinha."

O que existe, diz Danio, é curso para cozinheiro. No exército ou na cozinha, primeiro tem que ser soldado raso, depois cabo, sargento, tenente, capitão, major, coronel, antes de chegar a general.

"São os tempos... Cozinhar virou moda! É chique ser cozinheiro, ou melhor, ser chef!"– diz Anonymus.

O ato de cozinhar, no sentido amplo e intransitivo do verbo, antigamente era considerado um ofício menor. Na última década, entretanto, ocorreu uma ruidosa e amável invasão de recém-chegados ao mundo maravilhoso das panelas. A primeira providência para pilotar um fogão deixou de ser o aprendizado do ato prosaico de descascar batatas, ou confeccionar uma simples e boa omelete, mas sim providenciar num daqueles chapéus altos de *chef*.

Cozinhar tornou-se uma manifestação elegante do espírito e do engenho humano, acessível a quem tiver coragem e um chapéu de *chef*.

"Vocês não queriam democracia?" – perguntou um amigo de Anonymus Gourmet. A fortaleza inexpugnável dos iniciados foi definitivamente arrombada pela "multidão de neófitos, ainda na candidez das vestes próprias da Iniciação, mas cheios de promessas", na feliz expressão de Nestor Vítor, citado pelo Aurélio, que esclarece: "neófitos" vem do grego *neóphytos*, substantivo masculino que, na Igreja primitiva, designava o indivíduo recentemente convertido ao cristianismo, ou aquele que acabou de receber o batismo, ou ainda, num sentido mais amplo, o indivíduo recém-admitido numa corporação, anotou Anonymus Gourmet, fazendo deslizar, como se fora um esqui em neve macia, sua caneta Parker 61 abastecida com tinta azul real lavável, nas páginas acetinadas da Moleskine.

A perplexidade de Danio Braga diante da invasão amável dos diplomados em "cursos de chef" é que cozinhar, na verdade, é um árduo aprendizado de vida.

De certa forma, algo como fazer versos.

Por isso, Anonymus, de tanto lembrá-lo, decorou o parágrafo de Rilke, citado por Otto Maria Carpeaux, em seu livro *Vinte e cinco anos de literatura*:

> Para fazer um verso, precisa-se ter visto muitas cidades, homens e coisas. Precisa-se ter experimentado os caminhos de países desconhecidos, despedidas longamente pressentidas, mistérios da infância não esclarecidos, mares e noites de viagens. Não basta mesmo ter recordações: precisa-se saber esquecê-las, precisa-se possuir a grande paciência de esperar até que elas voltem. Pois as próprias

recordações não o são ainda. Antes, as recordações devem entrar em nosso sangue, nosso olhar, nosso gesto; quando, então, as recordações se tornam anônimas e não se distinguem do nosso próprio ser, então pode acontecer que, numa hora rara, nasça a primeira palavra de um verso.

Essas palavras prudentes valem para a multidão de valorosos cozinheiros de primeira fervura. Como advertência e como encorajamento.

O SAL E A PALHA

Vinhos, macarrão e um grande amor

Lord Byron acreditava que em Veneza estavam as ilhas verdejantes da imaginação. Foi na Itália, entre alcovas e travessas de macarrão, que se escreveram as páginas mais saborosas da obra-prima de Byron: sua própria vida.

A Itália foi, para ele, bem mais do que a pátria inglesa. Não por acaso, muitas italianas apaixonadas choraram na manhã ensolarada de 19 de abril de 1824 em que George Gordon Byron morreu, aos 36 anos, como herói da libertação da Grécia.

Anos antes dessa manhã trágica, o poeta aportara em Veneza de forma espetacular, numa noite de nevoeiro. Naquele barco que entrou lentamente pelo Gran Canale, todos viram na proa, como se fosse uma aparição, a silhueta negra e majestosa de um homem muito alto.

Ninguém teve dúvidas sobre quem era. Precedido da crônica picante de sua biografia aventurosa, Lord Byron desembarcou com solenidade, elegantemente vestido, uma capa preta nos ombros que tremulava como uma bandeira na neblina. Mancava ligeiramente devido a um pequeno defeito no pé que se comprazia em exagerar.

Entre as lindas venezianas que o esperavam no porto, estava a mais esplêndida de todas, Margarida Cogni, que se rendeu diante da visão assombrosa, e não hesitou em trocar a serenidade do seu casamento com um bom e pacato padeiro da vizinha localidade de Mestre por aquela bandeira.

Como informa a crônica da época, "ela aceitou ser governanta e amante do poeta". Um desembarque digno da legenda de Lord Byron, que se comportou à altura: diante das circunstâncias, considerou que um quarto de hotel era pouco, e arrendou um palácio inteiro, o belo Palazzo Mocenigo, para viver sua primeira paixão veneziana. Vinhos, macarrão e um grande amor...

Byron chamava Margarida de "gentil tigresa" e as referências a ela ocupam a maior parte de suas cartas da Itália. Quem passa de *vaporetto* pelo Gran Canale de Veneza, vê na parede quase milenar do Palazzo Mocenigo, a placa de mármore: "Aqui viveu Byron". E como viveu!

Naquele prédio de pedras gastas que submerge lentamente junto com Veneza, o poeta escreveu, numa espécie de homenagem a si mesmo, o primeiro canto de "Don Juan", um texto de sagacidade crítica e comovida compreensão humana.

Além de Margarida, Lord Byron teve outras paixões devastadoras em Veneza. Certa vez, visitando um conhecido que vendia tecidos, apaixonou-se por sua esposa, Marianna Segati.

Para esquecê-la, reagiu como um homem de bem: recolheu-se ao mosteiro de São Lázaro e começou a estudar armênio. De lá, só saía para algumas reuniões literárias e artísticas em casa da bela Condessa Albrizzi, "a madame de Staël de Veneza" – com quem, aliás, nas longas viagens do Conde, também veio a manter uma discretíssima ligação.

Caminho que não vai e nem volta

Noite de Ano-Novo. O mais difícil é pensar no presente. O coração se divide entre os sonhos & pesadelos (sempre de mãos dadas) do futuro, de um lado, e "as ilhas verdejantes da imaginação" que estão sempre lá, acolhedoras e saudosas, no passado. Nada de sonhos & pesadelos nesta noite. As saudades têm o encanto de melhorar a realidade, realçando cores, iluminando sabores e sensações. Subíamos a Serra, no Aero Willys do pai, para visitar o Dr. Renan, em Caxias do Sul, na serra gaúcha. Era uma viagem e tanto: pela estrada velha, mais de três horas de encantamento e expectativa – com parada obrigatória em Morro Reuter. Foi numa excursão a Caxias, do Colégio de Aplicação, que, descendo do ônibus, ficamos sabendo pela Dona Idalina em lágrimas: "Morreu o Presidente Kennedy". Mais tarde, os olhos azuis intensos da namorada: eram da cor de um céu que, nos anos 60 e 70, não tinha as nuvens negras da dúvida sobre a camada de ozônio, a poluição, a devastação da Amazônia, o colesterol, a violência urbana, o aquecimento global, o fim do petróleo, a superpopulação, os congestionamentos, o desemprego... Os anos tornaram o sabor do estrogonofe acompanhado por vinho rosé suave (Bernard Taillan?) do Alpen House ou do Vizcaya, na subida da Protásio, muito superior aos patos numerados do Tour d'Argent, em Paris. A nossa turma do Colégio de Aplicação, que se formou em 1967, até hoje se encontra em animados encontros gastronômicos, para lembrar o bonde, os tênis Conga, Grapette e Crush no recreio, Cuba Libre na reunião dançante, leite em garrafa de vidro com tampinha de alumínio, Cibalena, pomada Minâncora para espinhas adolescentes, aparelho de Gillette com lâminas removíveis, secador de cabelos com touca, tampinha de guaraná para fazer distintivo de polícia, carrinho de lomba de rolimã, Bat Masterson, Ted Boy Marino, Repórter Esso, Topo Gigio, Vigilante Rodoviário, compacto simples e compacto duplo, japona, bomba de Flit, Simca Chambord, Aero-Willys Itamaraty, Kharman Guia, DKW e Vemaguete, Gordini e Dauphine, cera Parquetina, drops Dulcora, Clube do Guri, Grande Rodeio Coringa na Rádio Farroupilha, Pinguinho e Walter Broda, calças de nycron, tergal e brim coringa (todas boca de sino), não é linho mas é linholene, camisas Volta ao Mundo, as gurias usando corpinho (e slack), os guris jogando futebol de tubijera, todos dançando twist e hully gully, cantando *Al di là* e balançando com Pata Pata no velho Encouraçado, a turma prafrentex, a juventude transviada, creme Pond's, Agua Velva, pente Flamengo, Nilo Amaro e seus Cantores de Ébano, Papai Sabe Tudo na TV e depois o aviso dos cobertores Parayhba: tá na hora de dormir, não espere mamãe mandar. E por aí vai... Como diria Paulo Mendes Campos, sou restos de um menino que passou, rastros erradios de um caminho que não vai e nem volta e que circunda a escuridão como os braços de um moinho...

O melhor chope da cidade

Às vezes, sobrou apenas o prédio onde certa vez mudamos o mundo, entrincheirados em bolachas de chope. E, muitos anos depois, descobrimos alarmados que os bares, cenários do nosso primeiro amor eterno, ou de planos infalíveis para salvar o país, foram brutalmente travestidos em lanchonetes, farmácias, açougues... Quem é jovem há mais tempo, como dizia o Dr. Brizola, e caminha pelas ruas de São Paulo, Curitiba, Rio de Janeiro, Belo Horizonte, Recife e tantas outras cidades, deve sentir dor semelhante. Meu Deus, o que fizeram com o Corujão e seu sanduíche aberto? E as milanesas do Alasca? E o presunto com ovos do Gilbert's? E o estrogonofe Vizcaya? E o filé do velho Rembrandt? Lembra o Barcaça, na Garibaldi? Na quadra de cima tinha o Stylo. O 106, do Caio, abria naquela hora recomendada por Raymond Chandler. Caio Araújo Ribeiro foi um dono inesquecível de um bar inesquecível, no comando do sempre lembrado 106, na Praça Júlio, em Porto Alegre. O 106 tinha, além da fidalguia do seu comandante, uma carta imperial de bebidas, impecáveis comidinhas, a decoração do Roque, a presença fraternal do Dido, que teve a má ideia de fazer na vida o que jamais fez no bar: foi embora antes da hora. Não por acaso, restou do final do 106 uma pequena legião de órfãos que até hoje (depois de décadas, veja só!) não se conforma, e ainda atormenta o Caio nas manhãs luminosas do Parcão, querendo saber quando reabre o 106. No final de tudo, quando a noite definhava, sempre havia o farol iluminado da Tia Dulce.

Os homens passam, mas os bares permanecem para sempre. São instituições que sobrevivem aos fundadores, aos donos ocasionais, garçons e frequentadores. Na pior hipótese, nossos bares sobrevivem como memória. Quando passei no vestibular, fui ao centro abraçar o meu pai, e ele me convidou para comemorar no Jam... À noite levei a namorada para um chope no Bruno. Onde estão esses antigos templos e tempos do encontro, da boa conversa e da fraternidade?

Gosto de frequentar alguns bares que fecharam há anos. Ainda que seja como vaga recordação, os velhos bares não morrem: em último caso, ainda teremos a chance de dizer com ar solene para um filho que, bem ali, no lugar daquele edifício, se bebia o melhor chope da cidade. Você já fez a conta em quantos lugares se bebia o melhor chope da cidade? Lembro de certos fins de tarde no Bar do Arthur, onde nasceram projetos extraordinários, paixões definitivas e aflições intransponíveis. Os olhos azuis pouco a pouco transbordando de lágrimas naquela paisagem de velhas mesas, paredes de lambris de madeira escurecida, as comidinhas, o chope na pressão e, como se não bastasse, copos de cristal! No Gato Preto, que depois virou Galarim, hoje sepultado por um supermercado, éramos jovens repórteres de jornais concorrentes que faziam uma trégua na madrugada, sussurrando notícias censuradas de mortes e prisões. Eram tempos escuros, que enfrentávamos com convicções definitivas e inquestionáveis. Como não acreditar que defendíamos o bem absoluto, se combatíamos o mal absoluto? – a frase de Garaudy nos decifrava e nos redimia. Tantas vezes, naquelas mesas, acreditamos que era possível tomar o céu de assalto!

Comer como um papa

Depois de um soberbo *spaghetti alla matriciana*, já lá se vão décadas, no pequeno restaurante próximo ao Foro Romano, o cozinheiro quis saber a opinião do jornalista Carlos Maranhão e de Anonymus Gourmet, que se preparavam para a segunda garrafa do correto vinho branco do Lazio:

"Comi como um bispo" – elogiou Maranhão, caprichando no italiano, promovendo a bispo o frade da expressão popular, para enaltecer devidamente o jantar excepcional.

"Não" – disse, resoluto e inconformado, o gordo cozinheiro. "O senhor comeu como um papa!"

A Igreja dos pobres e dos desvalidos, que prega a modéstia e a moderação, tem na sua tradição a fama gulosa dos seus apóstolos. O apetite dos frades tornou-se lendário. Mas nada que pudesse colocar em discussão os valores sagrados da velha Igreja, pobre, moderada e austera:

"Extra ecclesiam nulla salus" (fora da Igreja não há salvação) – dizia o Cardeal, no *8 e ½*, o filme mais extraordinário de Federico Fellini.

Diante da possível dúvida, o Cardeal personalizava a prédica:

"Extra ecclesiam nemo salvatur" (fora da Igreja ninguém se salvará), e Sua Reverendíssima sublinhava, com os olhos levemente arregalados o *nemo salvatur*.

Como se a ênfase não fosse suficiente, o Cardeal, na solenidade opressiva da imagem em preto e branco das memórias de Fellini, reafirma o axioma sob um outro ângulo:

"Salus extra ecclesiam non est" (não tem salvação fora da Igreja).

Terá Fellini algum dia enfrentado um Cardeal magro e terrível como aquele do filme *8 e ½*? O grande diretor riu diante do entrevistador:

"Eu invento as minhas recordações! Não distingo mais as reais. Minha mãe às vezes me diz: 'Mas você nunca fugiu com o circo!' 'Você nunca esteve no colégio interno!' A mim parece que tudo aconteceu de verdade! Para mim só é verdadeira aquela Rimini que sonhei, que inventei, que repensei, impregnada de saudade."

A nossa saudade é dos frades e bispos confiáveis, gordos e bem-alimentados. O demônio é que era magro e esquálido! "Quem não está na *Civitas Dei*, está com a *Civitas diaboli*" – é o dilema final oferecido pelo Cardeal do filme de Fellini. Bem, neste caso, sem qualquer dúvida, ficaremos com a *Civitas Dei*, saboreando aquela travessa de spaghetti da memória, capaz de encantar um papa.

O sal e a palha da ternura humana

A visão de Matera, no sul da Itália, é perturbadora. Aquela cidade escavada na rocha, muito clara e muito branca, graciosamente espalhada por um vale à beira de canyon que se parece com o nosso Itaimbezinho, está incólume, há dois mil anos, como uma testemunha viva, à espreita. Na falta de outro cenário melhor, Mel Gibson teve que filmar ali a Jerusalém da *Paixão de Cristo*. Isto é, Matera se parece mais com a Jerusalém mítica das preces e do calvário do que a própria Jerusalém. Na própria, há outras aflições mais urgentes. Em Matera, à noite, o eco de preces e prantos seculares por certo ecoa pelas ruas estreitas e íngremes.

O sentimento de vida deriva do que se vê dentro de cada uma das casas restauradas. A cozinha com os equipamentos fundamentais que ainda hoje são necessários: fogão, forno, panelas, facas, colheres... Numa peça em separado, mais ampla, a mesa para as refeições, os encontros e as reconciliações cotidianas. Num canto mais afastado, o recolhimento de uma cama de casal. E os utensílios e pertences ordenados por toda a parte. Ainda hoje se poderia viver ali, nós somos mais ou menos os mesmos – é a surpresa inevitável do visitante.

Os camponeses da região de Matera habitavam aquelas casas feitas em grutas escavadas na rocha até algum tempo atrás. No inverno era tão frio que, à noite, o costume milenar fazia com que trouxessem para dentro, para junto do fogo, o burro de carga e a vaca de leite. No gesto não faltava, por certo, o sal e a palha da ternura humana, do verso de Paulo Mendes Campos, mas também havia a prudência zelosa com os equipamentos da subsistência. Entre os anos de 1956 e 1968, o governo considerou que era uma vergonha milenar a vida daqueles camponeses, e retirou-os dali, instalando-os em conjuntos habitacionais. Nos anos 70, Matera se transformou em cidade fantasma mas, antes que se tornasse ruína, a Itália providenciou na escrupulosa restauração e manutenção dessa memória escavada na rocha de nossas origens e de nossas culpas mais remotas.

Matera foi o cenário da estreia de uma série gravada na Itália, para a RBS-TV gaúcha, misturando paisagens, receitas e sensações extraordinárias. Quando estávamos por lá, foi anunciada a escolha de Bento XVI. Logo ali, na atmosfera dos lugares onde tudo começou. Papa alemão, tempo de Cristo, arroz que mantinha vivos aqueles homens ancestrais, azeitonas bíblicas, vinho... Entre as imagens de Matera, surgiu uma receita que preparamos na TV, com acolhida generosa do público: o "Arroz do papa", que é a mistura de 2 xícaras de arroz, 4 xícaras de vinho tinto, 2 batatas, 1 cebola, 50g de azeitonas, 1/2 kg de carne suína com as consolações e perplexidades daquelas pedras brancas.

A tentação das batatas fritas

Padre Ramão, amigo dileto de Anonymus Gourmet, sempre se curva, contrito, diante dos significados históricos e religiosos da fé. Mas não comete o pecado da soberba diante de uma bela travessa de bacalhau às natas, recém-saída do forno, e da farta sobremesa com o chocolate em variadas versões: pavês, sorvetes, tortas, barras, musses...

Anonymus Gourmet, enquanto acompanhava o religioso no ato fraterno de partilhar a mesa, lembrou que aquela refeição feita à base de peixe e chocolate, além de não enfrentar nenhum veto eclesiástico, conquistaria a unção dos fundamentalistas da alimentação saudável.

Comer peixe deixou de ser uma simples alegria, para se tornar um dever; e o chocolate, que já foi um vício perverso, hoje, pelas reveladas virtudes do resveratrol e dos flavonoides, conquistou o perdão. No almoço com Padre Ramão, Anonymus, quando abria a segunda garrafa de um tinto abençoado pela insolação das colinas da Borgonha, sugeriu um olhar piedoso, quem sabe, também às batatas fritas (que, timidamente, mas com uma crocância indescritível, guarneciam o bacalhau), talvez uma das últimas delícias que destinam seus dependentes ao fogo dos infernos. "Nunca defendi o pecado", começou Ramão com veemência, "mas sempre estendi a mão aos pecadores!" Depois de uma pausa, quis saber, em tom inquisitivo: "A que tipo de batata frita você se refere?" Anonymus, então, sentiu-se encorajado a confessar tudo: "Primeiro, as batatas, cortadas em rodelas com a espessura de uma folha de papel, devem descansar por duas horas, na geladeira, numa tigela com água e álcool. Antes de fritar, escorra bem. Frite em banha bem quente. Resultarão finas lâminas muito crocantes e bem sequinhas. Só salpique sal depois de fritas".

O Padre Ramão passou a mão na barriga proeminente, fechou os olhos, talvez relendo mentalmente os sacramentos. Lentamente, os olhos bem abertos, a testa franzida, enfrentou a questão por partes: "Em princípio, batatas são abençoadas. Como você sabe, elas salvaram a Europa da fome no século XIX". Em seguida, antes de repetir sua porção de bacalhau, riu com uma lembrança: "Uma jovem devota que lutava contra a balança e contra a indisciplina dos seus hormônios, me disse certa vez, muito irritada: 'É terrível, padre. Tudo que é bom, ou engorda ou é pecado!' No caso dessa batata frita, hummm, em finas lâminas, muito crocantes, talvez engorde...". Fez uma pausa longa e concluiu, em tom enérgico, como se estivesse proferindo seu voto num tribunal do Vaticano: "...mas, com certeza, não é pecado!".

Com ovo e açúcar se fazem poemas

Agora que o ovo passou de vilão a herói é fácil, diz Anonymus Gourmet, num misto de triunfo e ressentimento. E continua:

"Meus netos não acreditarão que houve um dia que esse alimento barato e riquíssimo já foi perseguido e que a gloriosa Asgav (Associação Gaúcha de Avicultura) viveu dias de resistência francesa tentando provar que o ovo não era veneno!"

Exageros à parte, o fato é que as últimas pesquisas e o Globo Repórter garantem que o ovo tem substâncias maravilhosas à saúde. O ovo está reabilitado.

Os especialistas já toleravam ovos consumidos diariamente, mas com a ressalva intransponível do ovo frito que continuava sob suspeita.

Num Globo Repórter histórico, também o ovo frito veio a ser anistiado. Mais: diz a reportagem, que está no site da Globo, que o ovo pode ajudar a criar novos neurônios no nosso cérebro. A ciência sempre acreditou que as células do cérebro, ao contrário das outras células do nosso corpo, nunca se regeneram. Quando um neurônio morre, jamais nasce outro no lugar dele. Mas hoje a ciência acha que as células nervosas podem, sim, se recuperar. Boas ajudas para isso: tomar sol, ter alegria de viver e entusiasmo pelo que faz, enfrentar os problemas do dia a dia com serenidade e outro aliado da produção de novos neurônios é ele, o ex-vilão inteiramente regenerado pela medicina: o ovo, com a clara bem durinha e a gema mole.

No período de exílio do ovo, conversei em Lisboa com Maria de Lourdes Modesto, a maior escritora de gastronomia de Portugal, que defendia o ovo e contra-atacava: "E aqueles pratos prontos com montes de colesterol escondido, que libertam a dona de casa e matam a família?".

Antes da absolvição do ovo, Maria de Lourdes, que fala sobre aflições do dia a dia das pessoas na cozinha e na mesa, escreveu certa vez no *Público*, de Lisboa, que o ovo se tornara uma aflição coletiva: "Tão saboroso, tão útil, tão barato, mas tão condenado".

Maria de Lourdes vive num país em que, há séculos, com ovo e açúcar, se fazem poemas espirituosos que derretem na boca, do tipo Toucinho do Céu, Barriga de Freira, Fatias da China – este último exigindo na receita a medida considerável de 24 gemas. Certa vez, fizemos ovos moles na TV com doze gemas, para não deixar sozinha a Maria de Lourdes.

Depois da libertação do ovo ele lançou o que chama de "consumo inteligente, saudável e gastronômico do ovo". Dois ovos por semana, usados numa refeição como prato principal. Exemplos: ervilhas com ovos mexidos, sopa de tomate com ovo inteiro cozido na sopa, um ovo cozido com atum e arroz, um ovo frito com presunto magro e torradinhas quentinhas, ai, meu Deus, obrigado, Maria de Lourdes.

Em qualquer hipótese, o ovo tem que ser fresco. Essa qualidade é fácil reconhecer em casa: abra um ovo de cada vez, e quando abrir, se a clara se esparramar como água, cuidado, é um ovo velho, impróprio para o uso. A clara tem que estar gelatinosa, e a gema bem centrada e volumosa. O ovo fresco parece mais pesado. E o ouvido também ajuda: agitado o ovo, não deve chacoalhar. Não se impressione com a cor da casca: os ovos brancos, embora às vezes custem menos, tem o mesmo valor dos ovos de casca rosada. Não lave os ovos antes de guardar na geladeira. As galinhas não são tão burras como parecem: quando põem o ovo, ele vem envolto numa membrana quase invisível que o protege de bactérias e cheiros. Além dessa gentileza com o consumidor, as galinhas parecem sucumbir à poesia sazonal que se instala na natureza todos os anos: os melhores ovos – dizem os biólogos, e não os poetas – são postos na Primavera.

Abraços e beijos da Dona Emaíl

Nos primórdios da irresistível era digital, o Desembargador Federal Flavio Rostirola foi surpreendido pelo recado da secretária: "O Presidente vai lhe mandar uma mensagem pela Dona Emaíl". Não era uma ironia. Foi preciso explicar o que era um e-mail. Hoje, a "dona Emaíl" é a senhora do destino de quase todos nós. Estão acabando as cartas, bilhetes e cartões com mensagens. As seções de cartas de todos jornais e revistas do mundo foram dominadas pelos e-mails.

Numa época de muitos afazeres, lentos deslocamentos no trânsito saturado (em breve os engarrafamentos chegarão a Arroio Teixeira!), pouco tempo para o convívio, a rapidez do e-mail salva empregos, amizades e casamentos. "Mandei um longo e-mail para minha mulher: não falo com ela há dois dias!" – confessou um amigo, dias atrás. A confissão veio num e-mail que, em vez de "abraços", tinha "abçs". E, com certeza, o e-mail em que ele renovou sua paixão terminava com "bjs".

Mas, quase sempre, a síntese é expressão do talento. Cid Pinheiro Cabral, velho jornalista gaúcho, me deu a lição definitiva, quase quarenta anos atrás. Jovem repórter, escrevi um texto de sessenta linhas que, na hora do fechamento do jornal, precisava ficar em quinze linhas. "Não há como reduzir a matéria", protestei, tentando salvar minha obra-prima, diante do impassível chefe da oficina do jornal. O mestre Cid, primo irmão do meu pai, decidiu ajudar o parente. Leu o texto e reescreveu-o em poucos minutos. Para minha perplexidade, não precisou nem das quinze linhas: as sessenta linhas originais ficaram em treze, numa síntese elegante e consistente, com todas informações.

O desafio do twitter parecia intransponível: um máximo de 140 toques por mensagem. Rapidamente, no entanto, transformou-se num prático meio de divulgação, de grande eficácia e abrangência, com milhões de seguidores. Em 140 toques, modelos & atrizes, atletas, políticos, celebridades e muitos de nós outros anunciamos nossos feitos e defeitos.

Certa vez, numa apresentação na aula de literatura, no colégio, me atrapalhei com redundâncias, e gaguejei um pedido de desculpas: "Me faltam palavras...". O professor sorriu implacável: "Não. Não faltam palavras. Faltam ideias". Só com boas ou más ideias é possível produzir um texto conciso, usando um mínimo de palavras e um máximo de precisão. É bem conhecida a máxima de Pulitzer que exigia três virtudes de um redator: "Precisão, precisão e precisão". Por certo que a virtude da concisão não é tarefa rápida. E o Padre Antônio Vieira sabia disso quando redigiu um longo relato ao rei de Portugal, e encerrou a missiva com o famoso pedido de desculpas: "Majestade, perdoe se fui longo. É que não tive tempo de ser breve".

Entretanto, a gentileza agradeceria, e a concisão não se ofenderia, se a dona Emaíl mandasse seus "abçs" e "bjs" cordialmente por extenso.

O velho amigo

A recuperação dos sabores perdidos

Anonymus Gourmet diz que não sabe como viveu tanto tempo sem ir a Mogofores. O nome sugere algo como um reino encantado, povoado por duendes, fadas e feiticeiras. Mas, está no mapa de Portugal, é um lugar real e concreto. Embora tenha todos os ingredientes de uma terra mágica ou fictícia. A começar pela localização, que não poderia ser mais aprazível, na região da Bairrada.

A Casa de Mogofores é um castelo sólido, decorado com requinte discreto, onde existem alguns requisitos fundamentais do bem-viver: conforto, gentileza e fidalguia da família Campolargo, silêncio, bons vinhos e paisagens esplêndidas. Os hóspedes precisam apenas deixar-se levar. Na nossa expedição através de Portugal, fizemos escala nessa sucursal do paraíso. Há uma edificação central e algumas casas separadas, num estilo que lembra as origens – mas com banheiros do século XXI.

Peça para a Joana Campolargo fazer o tour do castelo (que ela modestamente considera apenas uma "casa"), completando com um cálice do magnífico espumante da adega, elaborado a partir das vinhas que se estendem por quase duzentos hectares.

Perto daqui, na Mealhada, a especialidade é assar leitõezinhos de um mês de idade. A pequena localidade só faz isso. Há pelo menos uma dezena de restaurantes especializados. A Meta dos Leitões, a Casa dos Leitões, o Típico dos Leitões, e tantos outros.

Cada um desses lugares chega a assar dez mil leitões por ano. É preciso muito leitão para abastecer a procura. Aqui chegam diariamente centenas de visitantes ávidos pelos bichinhos, servidos inteiros, bem assados, crocantes. "Os japoneses são os mais gulosos", garante Carlitos, gerente e assador do Avelino Leitões, o melhor lugar para comer o leitão da Bairrada, segundo o Mário Neves, das Caves Aliança.

Anonymus Gourmet concorda com o Mário: o leitão servido estava deslumbrante. Para explicar a carne tão tenra e saborosa, o Carlitos nos confessou que ele e outros criadores estão voltando aos velhos tempos: na alimentação dos animais, em vez das modernas rações industrializadas, resgataram o costume dos restos de comida.

Os leitõezinhos são criados ali, no fundo dos restaurantes e abatidos no mesmo dia em que serão servidos. Depois de mortos e limpos, são espetados inteiros e levados a um forno a lenha. Desta vez, fomos direto para a mesa, sem conhecer os leitõezinhos. Quatro anos antes, quando estivemos aqui, na nossa primeira expedição gastronômica a Portugal, parte da equipe cometeu o erro de, antes do almoço, ir ao pátio... Conheceram os leitõezinhos vivos, fizeram amizade etc. Depois foi impossível almoçar, é claro. Mas, para Anonymus Gourmet, que se recusa a confraternizar com futuros ingredientes do seu almoço, e jamais conheceu em vida seus almoços, o leitão da Bairrada é a recuperação de sabores que pareciam perdidos para sempre.

A maior invenção da humanidade

Sopa, no inverno ou no verão, é saúde à mesa. Além do uso como entrada ou primeiro prato, pode ser também uma refeição completa. Associada a uma alimentação saudável, todos reconhecem as virtudes da sopa, a começar pelos ingredientes: é possível acrescentar-lhe fibras vegetais, proteínas, vitaminas e especialmente muito sabor. Não existe refeição melhor para quem precisa perder ou manter peso, sem deixar de se alimentar de forma adequada, lembra o Dr. Fernando Lucchese, e o motivo é simples: a maior parte da sopa é água, que não engorda.

Mais do que todas essas virtudes, no entanto, a sopa, na pré-história, mudou a relação dos homens com os alimentos. Antes da descoberta do fogo, os nossos antepassados comiam carnes e vegetais crus, que são alimentos muito rijos. Por isso tinham um excepcional desenvolvimento das mandíbulas em detrimento do crânio e do cérebro.

Com o fogo, abriu-se a possibilidade de cozinhar os alimentos e, certamente, os primeiros homens que usaram o fogo para preparar alimentos iniciaram a história da culinária com algum tipo rudimentar de sopa.

O primeiros cozinheiros devem ter começado como ainda hoje se começa: levando ao fogo, para ferver, um recipiente com água, carne e alguns vegetais. Imagine o primeiro cozinheiro ou cozinheira que teve a ideia de pôr um pedaço de carne e alguns vegetais em água quente, e a surpresa que teve quando provou o caldo resultante do cozimento. Maior ainda foi a surpresa, ao verificar que, depois de algum tempo de fervura, a carne e os vegetais se tornavam saborosos e tenros.

Naquele momento foi inventada a primeira receita de cozinha, na forma que entendemos hoje. E, naquele momento, também, começou uma nova etapa do desenvolvimento do cérebro humano. Isso porque, a partir do cozimento das carnes e dos vegetais, que se tornavam com isso mais macios, já não era preciso tanto esforço para mastigar. Com menos esforço para mastigar, as mandíbulas do homem não precisavam ser tão robustas. Foi uma lenta evolução de milhares de anos. Mas a consequência dos alimentos mais tenros, com o menor esforço para mastigar, se verifica nos nossos dias: o crânio teve mais espaço, em detrimento das mandíbulas, e o cérebro humano pôde aumentar de tamanho e se desenvolver.

Atento a essas revelações históricas, Anonymus Gourmet passou a tomar a sopa diária com a reverência de um devoto. Exige até um pouco de silêncio e recolhimento. Aos mais íntimos confidencia em voz baixa, com certa solenidade, uma gratidão e um dúvida retórica:

– Sempre agradeço à sopa, que mudou nossa história. Mas... terá sido invenção humana ou inspiração divina?

A seguir, regala-se com o caldo fumegante e saboroso.

Uma taça de champagne e um sorriso

O Presidente John Kennedy, em 1960, logo depois de eleito, preparava-se para a primeira entrevista coletiva, diante de jornalistas do mundo inteiro, junto com seu irmão Bob Kennedy, que seria o principal Ministro, lá chamado de Secretário. Estavam fechados numa suíte de luxo de um hotel de Washington, definindo os últimos nomes do primeiro escalão. Do lado de fora, pelo menos uns trezentos repórteres, fotógrafos e cinegrafistas.

De repente aparece Paul, advogado desconhecido, mas velho amigo de infância do presidente John Kennedy e de seu irmão Bob, e leal correligionário de ambos, com grande atuação na campanha eleitoral vitoriosa.

"Bob, esquecemos do Paul!" – disse, com expressão desolada, o Presidente Kennedy para o irmão. Nenhum cargo, sequer uma embaixada fora reservada para o velho amigo.

"Agora, não há o que fazer..." – conformou-se Bob Kennedy.

Aí, o Presidente Kennedy teve um lampejo: "Deixa comigo, Bob". Chamou o amigo Paul, e ofereceu-lhe uma taça borbulhante de champagne e um largo sorriso:

"Paul, tenho um convite para te fazer."

O amigo por certo ficou imaginando o que o Presidente lhe reservara: um super-ministério ou uma embaixada de primeiro time?

"Daqui a alguns minutos, vou viver o momento mais

importante da minha vida. Pela primeira vez vou aparecer diante do mundo como presidente eleito dos Estados Unidos."

Paul ficou levemente desorientado, sem compreender bem para o que seria convidado. E o Presidente, solenemente bateu no ombro do amigo:

"Quero convidá-lo para partilhar comigo deste momento, me acompanhando no meu primeiro encontro com a imprensa do mundo."

E, num gesto rápido, segurando o braço de Paul, dirigiu-se à porta da suíte, que se abriu. E o presidente Kennedy, na sua primeira aparição pública, para anunciar o Ministério, entrou abraçado com o velho amigo Paul, diante de centenas de flashes, centenas de câmeras de TV.

No outro dia, na capa de milhões de jornais do mundo inteiro, nos noticiários de milhares de emissoras de TV, aparecia aquela imagem do presidente Kennedy abraçado a um desconhecido.

Quando perguntaram quem era o desconhecido, o presidente respondeu: "É o meu velho amigo Paul, um dos maiores advogados dos Estados Unidos".

E naquele dia, o amigo Paul iniciou uma milionária carreira de advogado.

Morto pela carne vermelha

Graças ao meu primo Luiz Antônio fiquei sabendo de um caso comprovado de morte por causa da carne vermelha. A saborosa história foi contada pelo médico e escritor Blau de Souza no jornal *Sul Rural*.

O personagem é seu Bibi Costa, "figura muito querida da comunidade lavrense". Seu Bibi consumia carne diariamente desde as primeiras horas da madrugada, acompanhando café e chimarrão, na sua querida Lavras do Sul. De nada adiantavam as advertências para que modificasse sua dieta.

Vezes sem conta, o estudante de Medicina, e depois médico, Honor Teixeira da Costa, preocupou-se com a quantidade de carne gorda que ingeria seu pai. Deu-lhe muitos conselhos, asseverando que a carne vermelha terminaria por matá-lo. Seu Bibi criou os filhos e foi conhecendo netos e bisnetos pela vida afora na sua rotina de fazendeiro, dividido entre a estância e a casa na cidade.

Com sabedoria, ouvia o filho e imaginava os males que sua dieta faria para a maior parte dos mortais, mas seus exames continuavam bons e ele a se sentir muito bem. Sobreviveu ao filho médico, tragicamente falecido, e à dona Doca, sua companheira por mais de sessenta anos. Desapareciam os amigos de antigamente, mortos a cada ano com os mais diversos achaques, mas vivia a velhice sem lamentos, imaginando-se um cerne de tronco grosso de madeira de lei. Sem perder a alegria, continuava comendo carne... Encontrava estímulo ao participar das atividades diárias e foi assim que resolveu ir para fora e carnear uma vaca. Cedo, trouxeram uma ponta de gado para que ele escolhesse a rês a ser carneada. A decisão foi rápida e enquanto a vaca era sangrada, o fogo esperava pela matambre. Seu Bibi instalou-se próximo do fogo e passou a comer nacos da porção mais gorda daquela carne obtida logo abaixo do couro. Os campeiros continuavam sua faina de bem carnear e iam pendurando a carne num galho de árvore, sem maiores cuidados. Ocorre que a vaca era gorda, a carne pesada, a árvore um umbu e o banco do seu Bibi estava colocado debaixo da árvore, na continuação do galho usado para pendurar a carne. A carneação ia terminando quando aconteceu um estalo surdo e se partiu o galho do umbu.

A carcaça da vaca recém-carneada, então, caiu por cima do seu Bibi, ferindo-o gravemente e, por fim, matando-o aos 95 anos de idade. Blau de Souza lembra a ironia perversa:

Sem faltar com o respeito, tenho certeza de que seu Bibi riria muito da maneira como morreu. De certa forma, por vias tortas e não menos diretas, seu Bibi veio a confirmar os vaticínios do seu filho médico: morreu por causa da carne.

O velho amigo que virou bife

Houve tempo em que comer galinha era um acontecimento. Anonymus Gourmet recorda com saudade os domingos da infância na casa paterna, a cozinheira escolhendo uma galinha no pátio para o almoço. Tratava-se de um prato caro, e uma boa canja era privilégio de doentes muito especiais. A carne bovina, que hoje ganhou o nome de "carne vermelha", já foi simplesmente a Carne, com maiúscula, lembra? A rainha de todas as carnes. Não podia faltar no dia a dia de qualquer mesa, mesmo das mais modestas. Peixe era só na Semana Santa, porco se reservava para ocasiões especiais. O colesterol já existia, por certo, mas não tinha a popularidade que conquistou hoje. Pessoas magras sem dúvida padeciam de problemas de saúde – no corpo, na alma ou no bolso. As mulheres, depois de casar, ganhavam alguns quilos para se tornar senhoras de verdade. Um pouco de barriga dava respeitabilidade aos homens e revelava sucesso financeiro.

Os figurinos e os cardápios mudaram, mas há certas referências que parecem irremovíveis. Carne de cavalo, por exemplo, para nós, meridionais remotos, sempre foi e por muito tempo ainda será uma heresia. Muitos anos atrás, jantando no *Palacio de la Revolución*, em Havana, Anonymus Gourmet afastou o prato de picadinho, apesar do aroma e da apresentação quase irresistíveis. E explicou ao comandante Fidel Castro que uma das mais caras tradições do Rio Grande é o respeito ao cavalo. Viajando pela Itália, Anonymus Gourmet passou ao largo de um movimentado açougue especializado no que, com certa dramaticidade, definiu como "comércio macabro" da carne equina.

Por incrível que pareça, já foi a carne preferida para o assado dos índios e primeiros colonizadores do Rio Grande do Sul, séculos atrás. O cavalo, no imaginário das coxilhas, é a figura de um quase irmão, a continuação das pernas de cavaleiros lendários. Somos gaúchos sentimentais. Talvez, por isso, para a maioria de nós, comer carne de cavalo é inadmissível. Mas, os argentinos não têm essas contemplações: para eles, é uma iguaria. Numa conversa com o grande cozinheiro gaúcho Carlos Castillo, o mestre Don Atahualpa Yupanqui confessou que, de vez em quando, adora comer um assado de "costillar de potro". Na Europa, hoje, a carne equina ganha mercado e prestígio em contraponto aos riscos da doença da vaca louca e da gripe do frango. Mas Anonymus Gourmet diz que tem memória. Não esquece que nasceu num lugar onde cavalo tem nome e, por isso, permanece irredutível na recusa desse prato emergente:

"Seria como saborear um bife feito das entranhas de um velho amigo."

Um forno com mais de quinhentos anos

Na cidade milenar de Altamura, extremo sul da Itália, Anonymus Gourmet conheceu o famoso pão assado no velho forno comunitário que funciona sem interrupção desde 1453. Afora o encantamento de ser a reprodução de uma receita de mais de cinco séculos, o sabor era maravilhoso. Feito de *grano duro*, tinha a casca escura e crocante e o miolo úmido. O padeiro Vito trabalhava sozinho e rápido, com incrível desenvoltura. Desde quando? – foi a pergunta inevitável.

– Desde sempre. Não lembro de outra coisa na minha vida que tenha acontecido longe deste forno.

Não era uma imagem retórica. O quarto dele ficava em cima do forno e o acesso se dava por uma estreita e íngreme escadinha ao lado da boca do forno. Possivelmente nascera naquele pequeno quarto onde passava as horas em que não fazia pão. Era filho, neto, bisneto, tataraneto de padeiros que viveram naquele mesmo quarto, e se esfalfaram ali naquele mesmo forno. Vito moldava com grande habilidade vários pedaços de massa e ia enfiando-os pela boca do forno de pedra. O recinto tinha também o balcão para os fregueses. Uma moça que esperava sua vez se gabou de ter viajado "quase cinquenta quilômetros", desde Bari, para comprar o pão. Anonymus Gourmet resistiu à tentação de esmagá-la e não disse que tinha atravessado o oceano, e depois viajado mais de oitocentos quilômetros, de Veneza a Bari, antes de entrar naquela fila do pão.

Vito desenfornava as belíssimas peças redondas e sorriu quando Anonymus quis saber quais eram os ingredientes.

– Farinha, água e forno – respondeu, piscando um olho, mas logo completou: – Ah, uso também um fermento bem natural, feito de trigo.

Desde séculos atrás, e até recentemente, antes de a modernidade chegar vagarosamente às pequenas cidades do sul italiano, o pão é uma tradição ligada à sobrevivência. Os pastores saíam com seus rebanhos de cabras para as colinas e descampados inóspitos, muitas vezes por duas semanas. Durante aquelas jornadas, o pão era o único alimento, e precisava durar até que voltassem. Olhando sua obra com orgulho, Vito garantiu que aquele pão era igual, seria fresco e saboroso por quinze dias, no mínimo. Tudo isso? – Anonymus teve que dissimular a perplexidade. Era irresistível a suspeita silenciosa: seria informação ou lorota?

A resposta viria duas semanas depois, quando Anonymus Gourmet saboreava o Amarone tinto elaborado por Luiz Alberto Barichello na Itália. O pão do Vito, cortado em delicadas fatias, ainda frescas e úmidas, foi uma guarnição perfeita ao vinho esplêndido.

Bendito forno, de mais de quinhentos anos, produzindo aquele pão extraordinário.

Ovos, chouriço, bacalhau e horror

Eça de Queiroz, no século XIX, foi o primeiro a escrever nossa língua de forma moderna, direta e elegante, a ponto de seu texto, cheio de ironias e de graça, ser ainda hoje encantador. Como se não bastasse, foi o pioneiro da gastronomia na literatura em português. Vale a pena montar um cardápio com a prosa perfumada e saborosa de três de seus livros:

Entrada (Ovos com chouriço): "Felizmente estavam chegando à Porcalhota. O seu vivo desejo seria comer o famoso coelho guisado mas, como era cedo para esse acepipe, decidiu-se, depois de pensar muito, por uma bela pratada de ovos com chouriço. Era uma coisa que não provava havia anos, e que lhe daria a sensação de estar na aldeia... Quando o patrão, com um ar importante e como fazendo um favor, pousou sobre a mesa sem toalha a enorme travessa com o petisco, Cruges esfregou as mãos, achando aquilo deliciosamente campestre. 'A gente em Lisboa estraga a saúde!' – disse ele, puxando para o prato uma montanha de ovo e chouriço." (*Os Maias*)

Prato principal (Bacalhau aos alhos): "'Que tens tu para jantar? Manda-me assar um bocadinho de bacalhau! Meu marido detesta bacalhau! Aquele animal! Mas é a minha paixão. Com azeite e alho!' E como Juliana entrava com o bacalhau assado, fez-lhe uma ovação: 'Bravo! Está soberbo!' Tocou-lhe com a ponta do dedo, gulosa; vinha louro, um pouco tostado, abrindo em lascas. Teve então um movimento decidido de bravura, e disse: 'Traga-me um alho, Senhora

Juliana! Traga-me um bom alho! Eu vou ter logo com o Fernando, mas não me importa!... Ah! Obrigada, Senhora Juliana! Não há nada como o alho!...' Esborrachou-o em roda do prato, regou as lascas do bacalhau de um fio mole de azeite, com gravidade." (*O primo Basílio*)

Sobremesa (Arroz-doce): "Excelente lembrança! Há que tempos não como arroz-doce! Desde a morte da avó... Mas quando o arroz-doce apareceu triunfalmente, que vexame! Era um prato monumental, de grande arte! O arroz, maciço, moldado, em forma de pirâmide do Egito, emergia de uma calda de cereja e desaparecia sob os frutos secos que o revestiam até ao cimo, onde se equilibrava uma coroa de conde feita de chocolate e gomos de tangerina gelada! E as iniciais, a data, tão lindas e graves na canela ingênua, vinham traçadas nas bordas da travessa com violetas pralinadas! Repelimos, num mudo horror, o prato acanalhado." (*A cidade e as serras*)

Vá plantar batatas!

Quando o Ziraldo dizia que, se não fosse o lobby da batata, o aipim seria o alimento mais consumido do mundo, sabia do que falava. O lobby da batata é tão forte que seguiu o exemplo daqueles milionários que financiam pesquisas para saber onde viveram seus tataravós: um estudo genético, financiado por recursos ilimitados, determinou com exatidão a terra natal da batata. Sabia-se que o homem começou a cultivá-la há mais de sete mil anos, aqui, na América do Sul, mas o lugar preciso da origem permanecia misterioso. Agora, cientistas norte-americanos descobriram com exatidão que o berço da batata é o Sul do Peru. Na região de origem, certamente existem outros tipos silvestres de batata, supõem os cientistas. E Anonymus, apaixonado por batatas, não esconde a esperança: "No berço da batata poderão ser encontradas variedades ainda mais saborosas". O aipim que se cuide, meu caro Ziraldo!

Por falar em batatas, lembra daquela expressão antiga: "Vá plantar batatas!"? Pois Anonymus Gourmet recebeu carta de um discreto informante de além-mar, que se assina simplesmente "Mister X", com um curioso relato exatamente sobre batatas. O dito correspondente, que oferece "algumas dobras obscuras do panorama mundial", como diz Anonymus, manda suas cartas, sempre escritas à mão, com caneta tinteiro, em folhas largas de papel de linho. Na última dessas cartas, contou o drama de um velho árabe muçulmano iraquiano, "vivendo há mais de quarenta anos nos EUA, que quer plantar batatas no seu jardim, mas cavar a terra já é um trabalho demasiado pesado para ele". O seu filho único, Ahmed, amigo de Mister X, é estudante na França, e o velho pai envia-lhe a seguinte mensagem:

> Querido Ahmed, Sinto-me mal porque este ano não vou poder plantar batatas no jardim. Já estou demasiado velho para cavar a terra. Se tu estivesses aqui, todos esses problemas desapareceriam. Sei que tu remexerias e prepararias toda a terra. Beijos Papá

Poucos dias depois, o velho recebe uma mensagem enigmática do filho:

> Querido pai: Por favor, não toques na terra desse jardim. Escondi aí umas coisas. Beijos Ahmed

Na madrugada seguinte, conta Mister X, "aparecem no local a polícia, agentes do FBI, da CIA, os S.W.A.T., os Rangers, os Marines, Steven Seagal, Sylvester Stallone e alguns mais da elite estadunidense, bem como representantes do Pentágono, da Secretaria de Estado etc. Removem toda a terra do jardim procurando bombas, antrax ou materiais suspeitos. Não encontram nada e vão-se embora, não sem antes interrogarem o velhote, que não fazia a mínima ideia do que eles buscavam". Logo em seguida, ainda aturdido, observando a terra revolvida do jardim, o velho árabe recebe outra mensagem do filho:

> Querido pai, certamente a terra já está pronta para plantar as batatas. Foi o melhor que pude fazer, dadas as circunstâncias. Beijos Ahmed

Vinho branco e uísque puro

O escritor fantasma, para engolir o medo e a perplexidade, despreza o vinho branco e bebe como os americanos: uísque puro, sem gelo, para encher a cara. Os americanos e seus hábitos não têm a melhor imagem na elegante vingança de Roman Polanski contra os Estados Unidos: *O escritor fantasma*, filme de aventura, de suspense, de política, de mistério e, de certa forma, também de terror, quando aquelas folhas de papel voam ao vento na última cena.

O filme é baseado num ótimo livro do jornalista político e escritor Robert Harris, e mostra o momento crucial da vida de Adam Lang (Pierce Brosnan), um ex-primeiro-ministro britânico que lembra a figura real de Tony Blair. Lang está trabalhando num livro de memórias. Quando seu "escritor fantasma" (alguém que escreve seus textos por ele) morre, o editor recruta um novo escritor (Ewan McGregor) para concluir o manuscrito.

Polanski, na sua melhor forma, cativou o elenco: "É um criador intenso, que teve uma vida intensa e estou orgulhoso de ter trabalhado com ele", declarou o ex-James Bond, Pierce Brosnan, que no filme interpreta até os trejeitos de Tony Blair. "É um homem extraordinário. Foi uma experiência mágica, que não esquecerei jamais. Gostei mais de trabalhar com ele, do que com qualquer outro diretor", disse Ewan McGregor, que já foi dirigido por George Lucas, Woody Allen e Ron Howard.

Logo no início explode o escândalo. Alan Lang, numa tournée de palestras pelos Estados Unidos, não pode voltar para casa, acossado por denúncias de crimes de guerra, quando a imprensa revela que ele entregou à CIA cinco prisioneiros que foram torturados e um deles morto.

Brosnan é um ex-primeiro-ministro inglês impecável. McGregor consegue compor o personagem inesquecível do "fantasma", que entra num jogo que não compreende: "Deve ser a primeira vez na história que um rato embarca num navio que está afundando", diz a secretária de Lang, quando explode o escândalo.

O filme se passa nos Estados Unidos, mas foi filmado em outros lugares, na maior parte. As cenas americanas foram comandadas à distância por Polanski, que vive em prisão domiciliar na Suíça. A ironia da história é que o personagem de Brosnan é obrigado a permanecer nos Estados Unidos para fugir da justiça de seu país – uma contingência que lembra a situação de Polanski, que ficou mais de trinta anos sem pisar em solo americano depois de ter fugido do processo que o persegue ainda hoje. Polanski pega pesado na vingança e pinta os americanos manipulando nas sombras, com grande poder e pouco pudor.

O melhor restaurante

A boa mesa e a boa vida

Antigamente as boas maneiras ensinavam: na mesa, durante as refeições, depois das orações, falava-se só sobre a alegria de viver, incluindo a alegria de comer e beber. Vale recordar algumas pérolas antigas desse tesouro inesgotável de frases famosas sobre os encantos da boa mesa e da boa vida.

Bebi uma garrafa inteira de champagne, depois terminei um vinho do Porto. A seguir, abri um ótimo tinto francês que consumi com queijo Limburgo e bolachinhas. "A longo prazo isto pode me fazer mal." (*Edmund Wilson, depois dos setenta anos de idade*) "O invisível espírito do vinho..." (*William Shakespeare*) "No vinho, há o perigo de volúpias fulminantes, mas não vamos esquecer o sol interior que o deus da videira desperta." (*Charles Baudelaire*) "Quando eu era jovem e tinha pouco dinheiro, fiz vários planos para a vida adulta. Um deles: que teria sempre, depois do jantar, um pouco de conhaque acompanhado por um bom e caro charuto. Foi um dos poucos projetos da juventude que realizei. E foi o único que não me decepcionou." (*Somerset Maugham*) "Eu não sou exigente, eu me contento com o que há de melhor." (*Winston Churchill*) "Mostre-me um outro prazer comparável a um jantar: ocorre pontualmente a cada noite e se prolonga por mais de uma hora." (*Talleyrand*) "As garrafas hão de me salvar! Imaginou arremessá-las para dentro da escuridão, contra a parede, como um meio de atrair ajuda. Mas mesmo nessa demência, sua autodisciplina prevaleceu, e ele não conseguiu reunir a irresponsabilidade necessária para espatifar garrafa após garrafa de Château Petrus, a US$ 4.500 cada." (*John le Carré*) "Gastronomia é comer olhando prô céu." (*Millôr Fernandes*) "O vinho se parece com um homem: não se saberá nunca de quantos atos sublimes ou perversidades monstruosas ele é capaz. Por isso, não sejamos mais cruéis com o vinho do que somos com nossos semelhantes. O justo é tratá-lo como um igual." (*Charles Baudelaire*) "E Carlos foi para Paris, estudar Direito nas cervejarias que cercam a Sorbonne." (*Eça de Queiroz*) "Hoje é dia de vinho e mulheres, alegria e risadas. Véspera de sermões e muita água mineral." (*Lord Byron*) "Quando vamos para a cozinha preparar uma boa comida caseira, o sucesso depende de um ingrediente que é o mais importante de todos: amor por quem vai comer." (*Sofia Loren*) "Precisamos comer para viver, e viver para comer." (*Henry Fielding*) "Na culinária, como em todas as artes, simplicidade é o sinal da perfeição." (*Curnonski*) "Quem disse que não existe gastronomia britânica? É possível, sim, fazer três ótimas refeições por dia na Inglaterra. Basta pedir o breakfast três vezes por dia." (*Somerset Maugham*) "Uma pessoa pode viver mal, amar mal, dormir mal. Mas é indispensável jantar bem." (*Virginia Woolf*) "O sucesso na cozinha não resulta apenas do bom conhecimento técnico de ingredientes e receitas; vem do coração, exige muito paladar, precisa entusiasmo e amor profundo pela comida – ocupa uma vida." (*Georges Blanc*) "O gourmet é um comilão erudito." (*Millôr Fernandes*)

Mais discursos de forno e fogão

"Não existe amor mais sincero do que o amor pela boa mesa." (*George Bernard Shaw*) "O primeiro requisito para escrever bem sobre comida é ter um grande apetite." (*A. J. Liebling*) "Dedique todo o tempo e todos os recursos que puder para montar uma bela cozinha. Ela será, e ela deve ser, a mais confortável e a mais confortadora peça da casa." (*Elizabeth David*) "O caminho para o coração de um homem passa pelo estômago." (*Fanny Fern*) "As cebolas são as trufas do pobre." (*Robert J. Courtine*) "Você escolhe: o risoto ou a vida." – disse o médico. "Como é que é esse risoto?" (*Luis Fernando Verissimo*) "Há momentos em que eu daria toda a minha fama por um caneco de cerveja e alguma segurança." (*William Shakespeare*) "Garrafas, minha senhora, a gente segura pelo gargalo, mulheres pela cintura." (*Somerset Maugham*) "O vinho dá coragem, e torna o homem apto para a paixão." (*Ovídio*) "O vinho é o leite dos velhos." (*Thomas Cogan*) "Vinho é poesia engarrafada." (*Robert Louis Stevenson*) "O vinho pode ser considerado com boa razão como a mais saudável e a mais higiênica das bebidas." (*Louis Pasteur*) "Os grandes pratos são pratos verdadeiramente simples." (*Escoffier*) "Música durante o jantar é um insulto duplo, ao cozinheiro e ao violinista." (*G. K. Chesterton*) "Na Inglaterra existem seis religiões diferentes, mas apenas um tipo de molho." (*Voltaire*) "Ovos da hora, pão do dia, vinho branco do ano, amigo de trinta anos." (*Provérbio italiano*) "Diga-me o que comes, e eu te direi quem és." (*Brillat-Savarin*) "Sem pão e sem vinho, o amor não existe." (*Provérbio francês*) "Um goumet é um ser bem-vindo ao paraíso." (*Charles Monselet*) "Comer, beber, e amar... O resto não vale um níquel." (*Lord Byron*) "Comer é humano; ter uma boa digestão é divino." (*Charles T. Copeland*) "Digestão: a conversão de víveres em virtudes." (*Ambrose Bierce*) "Indigestão é uma criação de Deus para impor uma certa moralidade ao estômago." (*Victor Hugo*) "Um honesto pão é muito bom. A manteiga é que faz a tentação." (*Jerrold*) "... a um ovo basta ser fresco para atender a tudo o que eu razoavelmente posso exigir dele." (*Henry James*) "Serve-se primeiro o convidado, por pior que ele seja." (*Josué Guimarães*) "Os poetas têm sido inexplicavelmente omissos em relação aos queijos." (*G. K. Chesterton*). "*Toujours* morango com nata." (*Samuel Johnson*). "Quase todas as pessoas têm alguma preferência inconfessável em matéria de comida." (*M. F. K. Fisher*)

O melhor restaurante do mundo

Minhas relações com Anonymus Gourmet são as melhores possíveis. Mas, naquela sexta-feira de agosto passado, em Copenhague, jantando no melhor restaurante do mundo, o Noma, percebi que temos certas diferenças importantes.

"Como assim?" – me perguntou, perplexo, quando lhe relatei os fatos, um velho amigo psiquiatra, o Dr. Frank Stein (que sabe bem o que é diversidade de personalidades) – "Mas você *não é* o Anonymus Gourmet?"

Fui obrigado a ser sincero:

"Nem sempre."

Naquele dia, ficaram evidentes nossas diferenças a partir da chegada. Anonymus anunciara sua ida ao mítico restaurante "num veículo de dois lugares". Como estávamos em Copenhague, a capital mundial das bicicletas, imaginei-o chegando numa simpática "magrela", ou talvez numa Vespa, com Madame Queiroz, ou talvez Miss Taylor na garupa. Mas, chegou só, a bordo de um possante Porsche Carrera. Uma chegada triunfal. Diante do meu olhar de surpresa, ele foi rápido: "Você não queria que eu viesse ao melhor restaurante do mundo pedalando!"

Poucos dias antes, os jornais dinamarqueses noticiavam que o respeitado e sempre aguardado "Ranking San Pellegrino" da revista inglesa *Restaurant*, concedera, pela segunda vez consecutiva, o título de melhor restaurante do mundo ao Noma, escolhido por um júri de oitocentos chefs, empresários da restauração, jornalistas e especialistas. Com isso, a lista de espera para conseguir a reserva de uma mesa, de três meses em média, poderia passar a "tempo indeterminado".

Mas, graças à diligência do diplomata Paulo Fernando Pinheiro Machado, nossa reserva estava firme. O jantar daquela sexta-feira de agosto, começou a ser planejado muitos meses antes, em abril, em Lisboa, quando recebi um telefonema de Paulo Fernando, que me revelou duas afinidades irresistíveis: o nosso parentesco comum com o Senador Pinheiro Machado e a simpatia pelo Anonymus Gourmet. Convidava para o *Copenhagen Cooking*, megafesta da boa mesa, a se realizar em agosto, em pleno verão de Copenhague... durante três semanas! Por sugestão de Anonymus (que se orgulha de ser um "radical da cautela"), Paulo Fernando incluiu na programação – e em suas orações – a delicada tarefa de obter uma reserva no Noma.

O título de melhor restaurante do mundo tem uma consequência imediata: a reserva de uma mesa ganha a dimensão de uma proeza. Uma revista brasileira chegou a publicar matéria, com chamada de capa ("Por dentro do Noma: NÃO comemos no melhor restaurante do mundo") e texto nas páginas internas, contando o esforço (em vão) para conseguir uma mesa e imaginando os encantos do lugar.

Naquela inesquecível sexta-feira de agosto, nossa mesa estava marcada para as 18h30min de um dia claro de verão. Na hora aprazada, nos apresentamos à porta: Anonymus Gourmet e eu, acompanhados de Paulo Fernando, de sua esposa Claudine (brilhante chef de cozinha) e do ministro Carsten Philipsen, diplomata e bon vivant, grande personalidade da Dinamarca e das mesas do mundo, além de tudo sósia de Gene Hackman. No verão da bela Copenhague, em geral as temperaturas ficam entre 13ºC e 23ºC: Anonymus, precavido, escolhera para a ocasião uma gravata borboleta de cashmere.

Nossa expectativa era intensa: como seria um jantar no bicampeão mundial dos restaurantes?

O Noma brilha no andar térreo de um antigo depósito de cereais do século XVIII, no centro de Copenhague, um prédio imenso em frente ao cais. No mesmo prédio, representações da Groenlândia e das Ilhas Faroe, colônias dinamarquesas, e a embaixada da Islândia, ex-colônia, hoje um país independente.

Da Islândia, da Noruega, da Suécia e da própria Dinamarca e suas colônias, vêm todos os ingredientes dos pratos servidos no Noma. Somente produtos da Escandinávia. Nada de azeite de oliva, de azeitonas, ou de foie gras. As inovações do Noma passam longe da *nouvelle cuisine* francesa.

Desde a chegada, o frequentador do Noma sente-se um escolhido. Na entrada, a simpatia genuína e as gentilezas de uma dezena de atendentes. Tivemos uma bela surpresa na recepção: fomos contemplados com a melhor mesa da casa, ao lado da imensa janela com vista para o porto e para o centro de Copenhague. Naquele fim de tarde, éramos os primeiros a chegar ao restaurante ainda sem clientes... Foi inevitável lembrar de Raymond Chandler:

> Gosto de bares logo que abrem, ao entardecer. Quando o ar ainda está fresco e puro, tudo está brilhando, e o garçom dá uma última olhada no espelho para ver se a gravata está reta e se o cabelo não está em desalinho. Gosto das garrafas arrumadas nas prateleiras, do adorável reflexo dos copos limpos e do ambiente de expectativa. Gosto de ver o garçom preparar o primeiro drinque da noite e colocá-lo num copo transparente acompanhado de um pequeno guardanapo dobrado. Gosto de saboreá-lo vagarosamente. O primeiro gole tranquilo da noite, num bar silencioso, é magnífico.

Na mesa, o show começou com cálices de champagne biodinâmico. Champagne de verdade, diga-se, de um pequeno produtor da região de Champagne. Mas Anonymus Gourmet fez um protesto amável, em voz baixa reclamando da ausência de suas marcas favoritas: Pol Roger, Bollinger, Taittinger e Dom Pérignon. De qualquer forma, enfim, "o primeiro gole tranquilo da noite", no bar silencioso, foi magnífico: Anonymus se conformou em beber um cálice da região demarcada de Champagne, absolutamente isento de qualquer aditivo ou conservante, produzido da forma como os primeiros vinhateiros da França produziam – inclusive o monge beneditino Dom Pérignon, que deu o nome à prestigiosa marca, e considerado o "inventor" do champagne. É "o" champagne, masculino, porque é considerado um tipo de vinho.

Anonymus aproveitou para divertir a plateia com a velha anedota de madame Lilly Bollinger, dona da tradicional marca, que dizia: "Eu só bebo champagne quando estou feliz e quando estou triste. Às vezes eu bebo quando estou sozinha. Quando tenho companhia, considero obrigatório. Eu me distraio com champagne quando estou sem fome e o bebo quando estou faminta. Fora isso, não bebo champagne – a menos que esteja com sede".

Depois de alguns goles, Anonymus concordou que o champagne biodinâmico, além de suas qualidades orgânicas, era muito agradável e de primeira qualidade.

A decoração, bem escandinava, com muitas madeiras, aço e painéis escuros, dava o tom de um luxo discreto, muito conforto e refinamento. Na mesa, a madeira nua... E não havia talheres: a ideia era que fossem usadas as mãos. Pequenas toalhas úmidas e aquecidas garantiam a higiene e o conforto dos clientes. Anonymus revelou suas dúvidas:

"Eu esperava do melhor restaurante do mundo uma mesa com toalha de linho, talheres de prata..."

No centro da mesa que ocupamos havia um belo bouquet, com flores de diversas cores, arrumadas com galhos decorativos: um conjunto que dava ótima impressão.

"Comam!" – convidou um dos atendentes – "São flores comestíveis, até os galhos são comestíveis."

Todos nos deliciamos: o buquê de flores e os galhos (que tinha a consistência de pães) eram muito saborosos. Anonymus se rendeu a essa primeira surpresa:

"Vou olhar com outros olhos para o meu jardim..."

A experiência de comer com as mãos recupera alguma coisa da espontaneidade primitiva e da alegria infantil, anotei na Moleskine.

A seguir, aterrissou na mesa uma travessa coberta de conchas escuras e azuladas, com a forma e o aspecto de mexilhões. Paulo Fernando confabulou com o chef de cozinha que trouxe a travessa e anunciou:

"A ideia é comer tudo, inclusive a casca."

Comer a casca de um mexilhão?? Anonymus respirou fundo, como quem vai dar um salto sem rede, criou coragem, mordeu a concha, fez "humm" e admitiu:

"É mastigável!"

Mais do que isso, digo eu: era uma delícia. A concha se parecia a um biscoito. E a carne do marisco, delicadamente temperada, tinha sabor encantador.

De repente, o processo se radicalizou.

Chegaram à mesa elegantes recipientes de cristal, com gelo e, sobre o gelo, camarões. Para nossa surpresa, percebemos que... eram camarões vivos! Leonardo, um simpático português, que é um dos chefes de cozinha, nos encorajou:

"Podem comer, os camarões devem ser comidos assim, vivos e inteiros. Podem passar na manteiga temperada."

Claudine sugeriu a Anonymus pegar "um camarão mais calmo". Ela tentou apanhar um deles, muito agitado, que deu um salto, e quase caiu da mesa, talvez em busca da amurada do cais a alguns metros da nossa janela. Paulo Fernando, impiedoso como um viking, impediu a fuga do camarão rebelde, passou-o na manteiga e mastigou energicamente, "para que ele saiba quem é que manda".

O ministro Carsten Philipsen, que acompanhava a situação com bom humor, permitiu-se um comentário histórico: a travessa de camarões vivos seria uma reminiscência brutalidade rude dos vikings que deixaram a herança de muitos dos seus costumes a conviver com a moderna Escandinávia.

Aconselhei Anonymus a escolher um dos camarões que parecia imóvel e abatido. Mas, quando aproximou os dedos para apanhá-lo, Anonymus recuou bruscamente:

"Este camarão está mais vivo do que nunca. Vejam, ele esperneia e protesta. Parece estar pedindo que leiam seus direitos!"

Enfim, criou coragem, passou o camarão revoltado na manteiga e mastigou-o. Paulo Fernando que parecia se deliciar com os camarões vivos, enfim confessou:

"Só comi esses animais corcoveando porque você está filmando e fotografando..."

E as surpresas se sucediam: morangos brancos temperados com molho ácido; raízes fritas na manteiga; deliciosas bolachinhas feitas com uma estranha mistura de framboesa, bacon e verduras... Constatávamos conceitos escandinavos de alimentação saudável bem diversos: muita banha, bacon e manteiga; mas também algas, vieiras, camarões, folhas de azedinha, entre tantos outros ingredientes locais.

Na sequência, descobriríamos que a pele do frango, tão desprezada no nosso dia a dia, ali, no melhor restaurante do mundo, tornava-se quitute de primeira: chegaram à mesa suculentos sanduichinhos que, em vez de pão, têm finas fatias de pele de frango frita, recheadas com um molho verde (legumes misturados com banha?). Anonymus, então, foi implacável: "Bebi muito vinho ou estou vivendo esta cena: fatias de pele de frango fritas são quitutes no melhor restaurante do mundo!?".

Cada prato era preparado por um chef de cozinha diferente, e o próprio chef vinha à mesa para servir e explicar o prato. Aproximadamente 35 porções por pessoa, incluindo os aperitivos e os diversos pratos que se sucedem a cada serviço. Para atender essa demanda, uma brigada de quinze chefs, no comando de 45 pessoas na cozinha.

Outra surpresa foi a chegada à mesa de um ovo grande, como se fosse um ovo de Páscoa. Quando se aproximou, deu para ver que era um ovo de madeira, que se abria no meio, a parte de cima como tampa. Na parte debaixo, um ninho com palha e com dois ovos de codorna. Quando o ovo de madeira se abriu, deixando ver os ovos de codorna, Anonymus suspira sarcástico:

"Ufa! Pensei que íamos comer o ovo de madeira..."

Mas, o sabor dos ovos de codorna derrotou o sarcasmo: os ovinhos eram defumados em temperatura moderada: a clara endurece e ganha um gosto especialíssimo, e a gema fica mole.

"Que maravilha!" – exclamou o ministro Philipsen e se desculpou alegremente: "São minhas raízes vikings..."

Mal tínhamos terminado a etapa dos ovos e chegou um pequeno vaso de plantas para cada um. Plantados na terra do vaso, um rabanete e uma cenoura.

"Acho que eles temperam até a terra, porque está tudo muito gostoso" – comemorou Claudine.

"De fato, a terra está uma delícia! Muito bem temperada!" – disse Anonymus Gourmet. Mas não acreditei em sua sinceridade e procurei olhá-lo nos olhos. Ele ficou impassível: não moveu um músculo da face.

Quando chegaram à mesa lindos pratos quadrados com bolinhos fritos coberto de açúcar, lembrei dos sonhos açucarados de Santo Antônio da Patrulha. Olhando melhor, percebi que os pequenos sonhos estavam atravessados por peixes fritos! De um dos lados, a cabeça do peixe, do outro lado o rabo. Mas a estranha combinação de peixe com sonho açucarado, por incrível que pareça, funcionou: a mistura do bolinho doce com peixe frito, era muito saborosa.

Não paravam de chegar inesperadas novidades. Os pãezinhos servidos a seguir, ficamos sabendo que eram acompanhados por "manteiga virgem". Anonymus enrugou a testa. E Claudine explicou: "É uma manteiga inacabada, não finalizam o processo, não é totalmente acabada. Veja que tem um aspecto granulado".

A seguir, uma salada, com alho-poró, cerejas, queijo, legumes e flores. E logo depois um peixe de água doce grelhado, envolto numa delicadíssima película de couve.

Na mesa ao lado, duas inglesas davam gritinhos: ainda estavam na etapa dos camarões, que saltavam e resistiam...

Enquanto isso, nossa resistência se aproximava do limite. Não faltava material, por certo: faltava espaço nos estômagos... Quando quase nos dávamos por satisfeitos, chegaram à mesa cumbucas de ferro, muuuito quentes. Era o momento da intervenção dos frequentadores na feitura do prato: tínhamos que abrir ovos para fritar na cumbuca, espalhando ervas variadas e temperos por cima...

"Estamos vivendo uma aventura gastronômica!" – resumiu o Dr. Philipsen. – "É uma experiência única. Comidas diferentes de tudo, e tendo por cenário este ambiente, esta vista do porto e da cidade..."

Todos concordaram com a excelência do jantar. Paulo Fernando e Anonymus elogiaram, disseram que gostaram, que foi uma bela experiência etc., mas... "está visto!" Isto é: não pretendiam repetir a experiência.

Discordei de Anonymus: fiquei ao lado do Dr. Carsten Philipsen e da chef Claudine: aquela aventura merece ser repetida e meditada. Lembrei que não podemos ficar eternamente repetindo coisas. Por certo que a rotina é consoladora. A inovação, a tentação de ir em frente, mudar, "tomar o céu de assalto" fez a Humanidade chegar aonde chegou...

"Você parece o Padre Anchieta falando!" – aparteia Anonymus, implacável.

Todos riem. Até eu acho graça. Mas continuo, infatigável, o meu discurso, lembrando o suflê, o merengue, o molho branco, a massa folhada, mas, sobretudo, reinventou a gastronomia, criando o luxo e o requinte das mesas francesas. Como símbolo desse triunfo, imaginou o chapéu de chef de cozinha, que usava como coroa legítima. É preciso cuidado antes de fulminar os inovadores!

A lembrança de Carême abalou Anonymus, que me escutava com atenção. Tentei ganhá-lo com um último argumento: se o Noma não fosse realmente um fato extraordinário, como explicar o sucesso daquele restaurante, como explicar o título, duas vezes concedido, de melhor restaurante do mundo?

Anonymus molhou os lábios no cálice de Hennessy, pensou muito, e disse apenas:

"É um mistério..."

Talvez o Noma seja, de fato, um mistério. O intelectual dinamarquês Olafur Eliasson, grande amigo do chef e inspirador do Noma, René Redzepi, tentou decifrar esse mistério e esse encanto do melhor restaurante do mundo:

> Estamos constantemente confrontados com um mundo banalizado, em grande parte produto da vulgarização do marketing. Os artífices desse mundo procuram sensações "seguras" e vendem experiências com as quais seu público-alvo possa se identificar. Os sentidos são anestesiados. Em vez disso, o que se cozinha no Noma ajuda a manter despertos nossos sentidos. Sua capacidade de surpreender e de semear a dúvida é parte de sua essência.

Quando li essa opinião para um atento Anonymus Gourmet, ele sacudiu a cabeça gravemente e me disse:

"Você tem razão. Talvez um jantar possa ser uma experiência filosófica."

Mas, não sei se ele estava falando sério.

Agradecimentos a Ricardo Stefanelli, Claudia Laitano, Mariana Kalil, Marianne Scholze e ao time da Zero Hora, onde o texto foi publicado originalmente.

Ranking da memória do Anonymus

Os dez melhores lugares do mundo, em todos os tempos, no coração do Anonymus Gourmet. A boa ideia deste ranking é mérito de Claudia Laitano. A qualidade discutível das escolhas é culpa do Anonymus.

Relais Saint-Germain – Paris

Como quase tudo que é bom, acabou. Sorte que o grande Sergio Lacerda, que ensinou o caminho, não viveu para ver as portas fechadas para sempre. Na lembrança não há por onde começar: a excelência começava nos pãezinhos do couvert, passando pelo canard, pelos peixes do mediterrâneo, pela salada de chevre chaud, os guardanapos imensos e engomados, talheres pesados e velhos garçons acostumados às tempestades e sempre cordiais. Muitas vezes, ainda não é madrugada, Anonymus desperta lembrando a tábua de queijos e a torta de framboesa...

Restaurante Poleiro – Lisboa

Afrontamos camarões médios delicadamente refogados em azeite extravirgem e alho, bolinhos de vitela e presunto, pastéis de bacalhau e peixinhos da horta. Tivemos que recusar o borrego, apesar da insistência do Sr. Manoel. É que o fôlego já nos faltava. Anonymus Gourmet, depois do primeiro papo de anjo, teve o ímpeto irresistível de se ajoelhar para agradecer por aquela graça alcançada. Evitou a reverência porque tinha muito trabalho pela frente: três outros papos de anjo o aguardavam desafiadores.

Uma velha taberna no porto de Brindisi, na Itália

Era um lugar de despojamento severo: mesas de grossa madeira maciça, cadeiras toscas mas firmes, o chão de cimento, as paredes pintadas com cal, sem um quadro sequer. A limpeza era imperativo categórico. Um imenso aquário na entrada, onde peixes nadavam com serenidade de um lado para outro: o cardápio ao vivo. O pai escolheu uma garoupa soberba, que o taberneiro, de óculos tartaruga, limpou com minúcia numa pia, bem ali, à vista de todos, e depois preparou com maestria num braseiro ao fundo. Em seguida, chegou à nossa mesa a obra-prima temperada apenas com sal, limão e azeite oliva. Junto, batatas assadas com casca, douradas, indizíveis. Não foi um almoço, foi um sonho. Houve ainda um vinho branco Orvietto, geladíssimo, e, por três horas, a melhor conversa que Anonymus jamais teve com o pai.

Restaurante Sinal Verde – Lisboa

O peixe era perfeito. Mas, quando chegou a picanha, Anonymus lamentou estar desarmado: não carregava sua fiel Leica compacta e não pôde documentar a cena. Queria fotografar e mandar a imagem para o Nico Fagundes. A cada garfada daquela tenra posta de angus, ecoavam acordes do Canto Alegretense.

Churrasco do Zé Abu-Jamra

Como escolher um destaque, se tudo é sempre perfeito? Das linguicinhas finas da abertura, ao costelão soberbo do encerramento; do sashimi de picanha à paleta de cordeiro;

do entrecot de terneiro ao carrê de ovelha, passando pelos acepipes (ah! o provolone com charque...). E a carta de bebidas: a sórdida cerveja no aperitivo, um irretocável Margaux para encorajar as garfadas decisivas e champagne Dom Pérignon na despedida.

Gran Colbert – Paris

Ça c'est Paris! – refletiu Anonymus Gourmet, enquanto se deliciava diante de um saboroso entrecot com aspargos gratinados, guarnecido por uma honrada garrafa de Châteauneuf du Pape "Vieilles Vignes", no Le Grand Colbert, perto da mesa favorita de Jack Nicholson e também de José Abu-Jamra e do Dinho. O Grand Colbert, até virar cenário do encontro inesquecível de Jack Nicholson e Diane Keaton, no filme *Alguém tem que ceder*, era apenas mais um dos extraordinários restaurantes que fizeram a fama de Paris.

Ricas paredes de azulejo – São Paulo

Nos anos de chumbo, quando Anonymus soube do "desaparecimento" do grande Montenegro, decidiu ficar com a lembrança do bar de ricas paredes de azulejo. Enquanto planejavam tomar o céu de assalto, para a vitória final do bem sobre o mal, a dona, que acumulava funções de cozinheira e garçonete, serviu um bife magnífico com tomates grelhados e arroz perfeito, e uma sórdida cerveja muito gelada. Não há como esquecer as delícias, as esperanças e os enganos daquela noite.

Café Zeze – Copenhague

Nenhum violino, nem mesmo o Maestro Lopes em seus tempos de Sinfônica de Nova York, seria capaz de melhorar a absoluta excelência do salmão defumado, firmemente apoiado numa base de pão preto com castanhas, cercado por verdes das imensidões nórdicas, recoberto por uma inesperada omelete de trufas. Enquanto as papilas gustativas de Anonymus estremeciam, a trilha sonora sublinhava a qualidade do lugar: Dinah foi sucedida por Aretha Franklin, Sammy Davis Jr., Dean Martin, Perry Como, entre outras vozes majestosas.

Bar do Artur – Porto Alegre

Ainda que seja como vaga recordação, os velhos bares não morrem: em último caso, ainda teremos a chance de dizer com ar solene para um filho que, bem ali, no lugar daquele edifício, se bebia o melhor chope da cidade. Lembro de certos fins de tarde no Bar do Arthur, onde nasceram projetos extraordinários, paixões definitivas e aflições intransponíveis. Os olhos azuis dela, pouco a pouco, transbordando de lágrimas naquela paisagem de velhas mesas, paredes de lambris de madeira escurecida, as comidinhas, o chope na pressão... E, como se não bastasse, copos de cristal!

Duas empadas

Uma, inesperadamente saborosa, no antigo bar do Supremo Tribunal Federal, em Brasília, guarnecida por guaraná em copo de plástico, gelado na temperatura exata, as borbulhas perfeitas. A outra empada, no aeroporto de Florianópolis, um interlúdio amável, quando os alto-falantes recitavam impacientes as ameaças da última chamada: as papilas gustativas de Anonymus ainda derramam lágrimas de saliva só de lembrar o delicado recheio de camarões, sob a capa firme da massa, tostada no ponto ideal.

IMPRESSÃO:

Pallotti
GRÁFICA EDITORA
IMAGEM DE QUALIDADE

Santa Maria - RS - Fone/Fax: (55) 3220.4500
www.pallotti.com.br